50년 전 산넘고 강건너 서울 중구까지

내일의 희망을 만들다

목차

전라도 순천에서 4남 2녀의 셋째로 태어난 이후, 농사짓는 사람으로, 또 장사하는 사람으로, 그리고 서울에 올라와서는 섬기고 봉사하는 사람으로 지금까지 걸어왔다. 돌이켜보면 수많은 난관이 있었지만 많은 시련을 거치며 고통 앞에서 한 발 떨어져 바라볼 수 있는 내공을 쌓았다. 그리고 고난과 고통은 인생에 있어서 필연적인 것이며 정 그렇다면 남을 위해서 봉사하는 삶을 살아 다른 이들의 고통을 줄여줄 수 있는 사람이 된다면 어떨까 생각했다. 그렇게 1970년대 말, 내 나이 서른 살 즈음에 내 인생의 이정표가 세워졌다.

나는 진심으로 행복하고 즐겁게 일을 수행했다. 자연스레 이 이상으로 주민들에게 봉사할 수 있는 방법이 없을까 생각하게 되었고, 1998년, 새마을지도자협의회 총무시절에 3대 구의원에 출마했고 기적처럼 당선된 이후 열심히 활동한 끝에 3대, 4대, 6대 그리고 8대 구의원을 하며 서울시구의회의장협의회 회장, 전국시군자치구의회 의장협의회 회장으로 선출되어 왕성한 활동을 하고 있다.

내가 뿌듯하게 여기는 별명이 있다. 바로 '공포의 검정가방'이다. 행정감사를 할 때 가방에서 고구마줄기처럼 현장실사 결과를 꺼내 조목조목 따지기에 얻은 별명이다.

또 '조례왕'이라는 별명도 있다. 의정활동을 하는 동안 내가 직접 발의하거나 공동 발의한 조례만 150여 개이다. 대표적으로 노인복지기금조례, 공동주택지원조례, 생활체육기금조례, 생활체육인지원조례 등이 있다. 지역주민을 위해서, 그리고 나의 소신과 경험, 타 지역이나 선진국의 사례를 벤치마킹하면서 최고의 복지를 위한 조례안을 주민들을 위해 발의하였다.

걸어온 길을 정리하고 또 써내려가는 동안 난 다시 한번 내 삶에, 내 봉사에, 그리고 내 고향인 이곳 중구에 대한 애정을 확인하고 또 확신했다. 앞으로 그 확신을 더욱 다지고 굳혀 더 많은 노력과 봉사를 실천해야겠다는 다짐이 생긴다. 내가 아직 채울 것이 많으며 그 책임이 더욱 막중함을 알고 노력을 거듭해야겠다.

살아갈수록 늦게 깨닫는 일들이 있게 마련이다. 그러나 그 깨달음은 실로 크다. 그래서 또 한 번 용기 내어 글을 쓰기 시작했다. 더 큰 깨달음을 얻고 봉사의 삶을 살게 되길 바라며 말이다.

모쪼록 부족한 글이나마 나누시는 분들 모두에게도 작은 기쁨과 한줄기 깨달음이 가길 바랄 뿐이다.

전 국회의장, 제46대 국무총리 **정 세 균**

"참 닮았다!"

조영훈 의장의 이야기를 읽으면서 이 네 글자가 떠올랐다. 그는 전남 순천의 두메산골에서 태어나 산 넘고 물 건너 낯선 서울에 정착하여 역경의 시간을 극복하고 대한민국 지방정치를 대표하는 정치인이 되었다. 그의 삶은 지역과 공간의 차이만 있을 뿐 나의 삶과 여러모로 닮았다.

그는 난관에 부닥칠 때마다 살아온 날이 아닌 살아갈 날을 떠올리며 희망을 만들어왔다. 이러한 노력은 숱한 정치적 고비, 민주주의와 헌정사의 위기를 돌파하며 미래를 개척하기 위해 분투해 왔던 나의 정치 인생과도 궤를 같이 한다.

'산골 아이' 조영훈은 서울의 중심도시 중구에서 지방자치의 출발점이자 종착지인 생활정치 실현을 위해 구슬땀을 흘려왔다. '조례왕'으로 불리고, '주민특공대'를 자처하며 우리나라 기초의회를 대표하는 대한민국 시군자치구의장협의회 회장까지 맡게 되었다.

그런 그가 이제는 삶의 터전이자 제2의 고향 중구에서 새로운 중구, 내일의 희망찬 중구를 그리며 다시 한번 신발 끈을 동여매고 있다. 그의 쉼 없는 도전과 새로운 출발에 응원의 박수를 보낸다.

제45대 국무총리, 전 당대표 **이 낙 연**

　초선 의원은 열정이 있고, 다선 의원은 경륜이 있습니다. 그 두 가지를 모두 지닌 의원은 오랫동안 주민들의 신뢰를 받습니다. 조영훈 의장님이 그렇습니다.

　조 의장님은 지역 주민들의 일이라면 발 벗고 나서시는 분입니다. 주민들의 이야기를 경청하고 확실한 결과를 만들어 내십니다. 그렇기 때문에 많은 주민들이 조 의장님을 찾으십니다. 주민들이 조 의장님을 오랫동안 신임하시는 이유입니다.

　조 의장님은 중구의 '조례왕'으로 불리십니다. 노인복지기금조례, 공동주택지원조례, 생활체육기금조례 등 구민들의 생활에 꼭 필요한 조례를 조 의장님이 만드셨습니다. 중구 주민들께 더 나은 삶을 선물한 조례들입니다.

　조 의장님의 열정과 경륜은 중구를 넘어 지방자치 향상에도 큰 도움이 되고 있습니다. 조 의장님은 대한민국시군자치구의장협의회 회장으로서 '지방자치법 전면개정법'의 성공적 안착을 위해 애쓰고 계십니다. 지방정부의 위상이 강화되고, 권한이 커지면서 지방정부 발전이 곧 나라 발전인 시대가 됐습니다. 지방 의원들의 역할과 책임이 더욱 커졌습니다. 뛰어난 역량을 가진 지방 의원들은 그 지혜를 나눠야 합니다. 조 의장님의 경험과 지혜가 책 '내일의 희망을 만들다'에 담겼습니다. 이 책이 다른 의원들과 공직자들께 좋은 참고가 되길 바랍니다.

진정한 지방자치를 위한 밑거름이 되시기를

오늘도 활짝 웃으시며 문을 들어서는 조영훈 회장님.
협의회 사무실을 여의도로 옮긴 후로 자주 뵙는다.

자리에 앉으시며 업무보다는 직원들 불편사항부터 신경쓰신다.
세상 돌아가는 흥미진진 이야기 보따리를 풀어놓으시면 사무실 직원들도 어느새 그 속으로 빠져든다.
영락 없는 골목 어귀의 정겹고 털털한 동네 아저씨 모습이지만 중요한 사항 만큼은 어느 순간 냉철하게 짚고 넘어가신다.
어려움 속에 젊어서 고향을 떠나 중구에 정착하신지 50여년.

주민들과 많은 세월 희로애락(喜怒哀樂)을 같이 했기 때문에 어느 집에 숟가락 몇 개 있는지도 알 정도로 정이 많으시고, 주민들을 위해서는 시간을 가리지 않고 민원해결을 위해 앞장서서 일하신다고 한다. 그동안 의원생활 4선의 경력을 말해주듯이 오랜 경륜이 묻어나오는 조영훈 회장님의 모습이다.
대한민국시군자치구의회의장협의회 회장으로서도 매우 열정적이고 철두철미 (徹頭徹尾) 하셨다.

특히 풀뿌리 지방자치의 본질을 되찾기 위해 많은 노력을 기울이셨고 지방의회의 완전한 대의기관으로서의 역할을 위해서는 인사권은 독립되었지만 지방의회 현장과 사무기구 확대 등 해결해야 할 과제가 아직도 산적해 있다.

32년만에 지방자치법의 전부개정을 이끌어 내는 쾌거는 주민과 지방의회 중심의 자치분권 2.0실현에 한층 더 앞으로 나아 갈 수 있는 계기가 될 것이다.

지난 1월 청와대에서 열린 제1회 중앙-지방협력회의에서 보여주신 회장님의 소신(所信)은 진정한 지방자치발전을 위한 방향키가 될 것이라 생각된다.

앞으로 하시는 일들이 "자강불식(自强不息)"하는 자세로 세상을 이기시고, 2022년도 흑호해에 하시고자 품은 뜻 이루시길 바라며 회장님의 현재보다 앞으로 보다 큰 역할을 기대해 봅니다.

2022년 2월

대한민국시군자치구의회의장협의회 직원 일동

추천사

1장

여행을 통해 나를 만나다

여행, 낯선 곳에서 나를 만나다

바삐 산다고 늘 정해진 길만 달려오느라 나도 모르는 새 세상을 보는 눈이 좁아졌다. 가끔은 길을 잃어야 길을 또 찾을 수 있고 또 다른 세상을 만날 수 있고, 그 속에서 또 다른 나를 발견할 수 있는데 말이다. 그런 기회가 우연히 찾아왔다. 매미가 죽자사자 울어대는 여름이 됐다. 매년 7월, 돌아가신 아버님 기일이 되면 집안에서 제사를 지낸 후 선산을 찾았고 그동안은 큰형님의 아들인 장조카가 별 탈 없이 모시고 있었는데, 어느 날 갑자기 전화가 왔다.

"작은아버님, 죄송하지만 더 이상은 제가 제사를 챙길 수 없을 것 같습니다."

서운한 마음이 컸지만 어차피 누군가는 해야 할 일, 이참에 내가 모셔야겠다고 마음먹었다. 그런데 생각지도 않은 벽에 부딪쳤다. 아내가 못 하겠다고 반기(?)를 들었다. 아내에게 서운한 마음이 생겨버린 난 곧장 시위에 들어갔다. 며칠 지방에 다녀올 테니 찾지 말라는 말 한마디만 남긴 채 홀로 집을 나와 시골로 향했다. 평소대로라면 제사를 지내고 온 가족이 함께 선산을 찾았을 테지만, 이번엔 나 홀로 선산으로 떠난 것이다.

고향으로 가는 길은 언제나 아득하게 느껴졌지만 홀로 가는 길이어서인지 더 아득하고 먼 느낌이었다. 성묘를 마치고 순천 조계산에 있는 선암사 밑에 숙소를 정했다. 40여 년 만이다.

유홍준 교수가 『나의 문화유산답사기』에 가볼 만한 곳으로 소개한 뒤 많은 사람들이 찾는 이 곳은 입구부터 산사, 그리고 편백나무 숲이 자리하여 방문객들의 마음을 편하게 해준다. 재미있는 사실은 선암사의 해우소가 화장실로는 유일하게 문화재로 등록돼 있다는 점이다. 멀리서 보면 화장실이라고는 짐작도 못할 2층 건물이 이색적인데 가까이 가보면 현판에 '뒷간'이라고 당당하게 정체를 밝히고 있어 미소가 번진다.

선암사

눈물이 나면 기차를 타고 선암사로 가라
선암사 해우소로 가서 실컷 울어라
해우소에 쭈그리고 앉아 울고 있으면
죽은 소나무 뿌리가 기어 다니고
목어가 푸른 하늘을 날아 다닌다
풀잎들이 손수건을 꺼내 눈물을 닦아주고
새들이 가슴 속으로 날아와 종소리를 울린다
눈물이 나면 걸어서라도 선암사로 가라

선암사 해우소 앞
등 굽은 소나무에 기대어 통곡하라

정호승 시인이 노래한 '선암사'가 절로 생각난다.

선전포고를 하다시피 하고 무작정 집을 나선 아저씨가 걱정이
되었는지 아내와 아들이 번갈아 가며 전화를 했다. 걸려온 전화
를 안 받고 당분간 나를 찾지 말라는 협박성 문자로 답을 대신
했다. 아들이 내 마음을 헤아렸는지 "제가 제사 잘 모실 테니 바
람 쐬고 오세요."라고 답장을 보내왔다. 이럴 땐 아내보다 낫다.
이렇게 나 홀로 여행의 첫날밤은 이런 마음, 저런 마음으로 여관
집 문을 열면서 시작됐다.
　방을 잡고 쉬면서 이런저런 생각에 잠길 즈음 아들에게서 카
톡이 들어왔다.
　"어설프지만 정성껏 모셨습니다."
　보내온 사진을 보자 한편으로는 고맙고 대견한 생각이 들었다.
정호승 시인처럼 '해우소'에 가서 실컷 운 것은 아니었지만 속상
했던 마음은 적이 풀어졌다.

'그래, 이왕 내려왔으니 좀 쉬면서 구경이나 해야겠다.'
　바쁘게만 달려온 나에게 이렇게 우연하고도 홀가분한 여행이
찾아왔다.

광주에서 목련을 만나다

아침에 눈을 뜨자, 발길 닿는 대로 돌아다니리라 마음먹은 어젯밤 생각은 온데간데없고, 뜻깊은 곳을 가보고 싶은 생각이 들었다. 그렇게 우연인 척 찾아간 곳, 광주다. 아침도 먹는 둥 마는 둥 서둘러 망월동에 도착했다. 끝도 없이 서있는 하얀 묘비들이 제일 먼저 눈에 들어왔다. 난 천천히 걸으며 묘비를 하나하나 읽어 내려가기 시작했다. 문득 고개를 돌려보니 묘비의 앞이 아니라 뒤가 보였다. 그때부터 난 뒤를 보며 걷게 됐다. 주로 쓸쓸히 누워있는 이에게 하고픈 말들이 적혀있었다.

'엄마, 편안히…'

쿵. 짧은 글귀 하나 본 순간, 마음이 주저앉았다. 그리고 나도 모르게 두 주먹이 쥐어졌다. 한쪽 구석에 행방불명자 묘역이 따로 있었다. 주인 없는 묘비를 보니 마음이 더 뭉클했다. 잠시 발걸음을 멈추고 먹먹한 상태로 한참을 서서 지켜보았다. '이렇게 죽어간 이들도 있는데… 살아있는 난?' 이런 마음이 들자 들어갈 때와는 달리 서둘러 빠져나오게 됐다.

목련이 진들

목련이 지는 것을 슬퍼하지 말자
피었다 지는 것이 목련뿐이랴
기쁨으로 피어나 눈물로 지는 것이
어디 목련뿐이랴
우리네 오월에는 목련보다
더 희고 정갈한 순백의 영혼들이
꽃잎처럼 떨어졌던 것을
해마다 오월은 다시 오고
겨우내 얼어붙었던 이 땅에 봄이 오면
소리 없이 스러졌던 영혼들이
흰 빛 꽃잎이 되어
우리네 가슴 속에 또 하나의
목련을 피우는 것을

묘지를 나오며 그날 광주시민들이 불렀던 오월의 노래를 들었다. 봄꽃 중의 봄꽃 아니더냐. 그 꽃말처럼 내 마음에도 고귀한 흰 목련 한 송이 피워볼 수 있을까?

소록도, 삶의 소중함을 깨닫다

소록도 가는 길

가도 가도 붉은 황토길

숨 막히는 더위뿐이더라.

낯선 친구 만나면

우리는 문둥이끼리 반갑다.

천안 삼거리를 지나도

수세미 같은 해는 서산에 남는데

가도 가도 붉은 황토 길

숨 막히는 더위 속으로 쩔름거리며

가는 길……

신을 벗으면

버드나무 밑에서 지까다비를 벗으면

발가락이 또 한 개 없어졌다.

앞으로 남은 두 개의 발가락이 잘릴 때까지

가도 가도 천리 길 전라도 길.

완연한 여름날이었다. 무슨 생각에서인지 몰라도 나는 소록도
로 향하는 차를 타고 있었다. 한센인 시인 한하운이 '남은 발가
락 잘릴 때까지 가도 가도 천리 길'이라고 했던 그 전라도 길을
가고 있었다. 달리는 차창 밖으로 짙은 초록의 나무숲이 보이며
여름내음이 물씬 스며들었다. 그렇게 한참을 달려온 버스가 고
흥반도를 가로질러 녹동항 부둣가에 서면 600m 전방에 '작은
사슴'처럼 아름다운 섬 소록도가 한눈에 들어온다.

▲ 〈소록도〉

지금은 다리가 놓여 섬을 찾는 관광객이 늘어나고 소록도 주
민들도 왕래하기가 편리해졌단다. 사람들이 다녀서 망가지는 곳
도 있는데 사람의 발길이 드문 곳에는 언제나 자연이 제 모습을

한껏 드러낸다. 그렇게 멋진 풍경으로 소록도는 날 반겨주었다. 다른 곳에서는 쉽게 볼 수 없는 수목들이 울창하게 우거져 장관을 연출하고 있었다.

이곳 소록도의 주민은 나병환자 즉 한센인과 국립소록도병원에 근무하는 직원과 그 가족이 대부분이다. 마을은 주로 북동쪽 해안가에 몰려있고, 병사지대와 직원지대로 나눠져 있다. 한때 6만여 명의 환자를 강제로 가뒀던 병사지대는 지금은 연로하신 한센병 환자 6백여 명만이 남아 치료를 받고 있다.

차에서 내려 소록도 입구에 있는 숲길 사이로 들어서자 공원이 있었다. 나무그늘을 찾아 잠시 앉아있는데 마침 한센인 주민들이 보였다. 시구대로 그들끼리 반가운 모습이다. 몸은 비록 불편해 보였지만 얼굴에 배어나오는 웃음만은 세상 누구보다도 평화롭고 온화해 보였다. 자기들끼리 모여앉아 더위를 식히느라 아이스크림을 베어 물고 즐겁게 이야기를 나누고 있었다. 물끄러미 앉아 한동안 그들을 지켜보다가 문득 이런 생각이 들었다.

"저렇게 고통받고 있는 한센인들도 즐겁게 살아가고 있는데 그에 비하면 나는…"

건강한 팔다리 다 있고 가족도 있고 나를 믿어주는 이웃과 지역의 주민들까지 있는데 더 많이 봉사하고 나누며 살아야겠다는 마음이 불끈 솟아올랐다.

 다시 벌떡 일어나 한하운 시비, 구리탑, 검시실, 감금실 등 공원 곳곳에 남아 있는 역사 유적들을 둘러봤다. 이곳의 아름다움 뒤편에는 한센환자들의 아픔이 숨어 있다. 소록도병원이 생긴 일제강점기부터 지금까지, 이 땅에서 가장 소외되고 버림받은 이들이 온몸으로 겪어야 하는 고통과 어두운 역사는 그리 녹록지 않았다. 우연히 만난 그들을 보면서 내 한 몸 성한 것이 얼마나 감사하고 큰 축복인지 다시 한번 깨닫게 되었다. 돌아 나오는데 편백나무향이 진하게 섞여 올라왔다.

노고단, 안녕과 평안을 기원하는 마음

'지리산 속 깊은 마을에 홀어미를 모시고 사는 효성이 지극한 아들이 있었는데 당시 풍습과 나라 법 때문에 어쩔 수 없이 고려장(高麗葬)하려고 한밤중에 어머니를 지게에 지고 지리산 깊은 산속으로 들어가 어머니를 홀로 내려놓고 산을 내려왔다. 칠흑 같은 산길을 내려오는 아들의 눈에 일정한 간격으로 하얀 것이 산굽이를 돌고, 개울을 건너 저 멀리 동네 불빛이 보이는 데까지 이어져 있었다. 행여 아들이 어두운 밤길에 집으로 돌아갈 때 길을 잃을까 봐 지게 위에서 어머니가 흰 조약돌을 하나씩 떨어뜨려 놓았던 것이다.'

고려시대부터 전해져 오는 어머니 마음이 담긴 가슴 아픈 전설이다. 어머니는 그런 존재다. 자식이 크든 작든 늘 자식을 걱정하고 자식의 앞날을 생각하는 그런 존재이다. 지리산은 어머니와 같은 산이다. 오래전부터 지리산에는 이와 같은 어머니에 관한 전설들이 끊임없이 전해져 내려온다. 그래서 사람들은 지리산을 '어머니 산', 경상도 말로는 '어무이 산'이라고 불러 왔다.

나도 어머니가 그리웠던 걸까? 마음 끌리는 대로 지리산을 향했다. 집을 나선 지 며칠 지난 터인데다 아는 사람 만날 일이 없으니 면도도 하지 않아 행색도 다소 남루해졌다. 그런 모습이 오히려 어울렸을까, 산기슭이 나를 훅 빨아들였다. 산을 오르기 시작하자마자 숨이 차오르고 기운이 빠진다. 휴대폰의 배터리도 숨이 가쁜지 오늘내일한다. 그런 채로 한껏 땀을 내어 오르니 어느새 노고단에 도착했다.

한여름 바람이 더없이 시원하게 불었다. 먼발치로 넓게 내려다보며 크게 심호흡 한 번 하고 한참을 그렇게 있었다. 유구한 세월을 그 자리에서 변함없이 지켜온 자연의 모습을 바라보니, 작은 일에도 일희일비하며 지내온 나 자신이 보였다. 내가 다시 서야 할 곳이 어디이며 어떻게 살아야 할지를 지리산이 내게 말해 주는 듯했다. 마치 어머니 품처럼 말이다.

핸드폰이 나보다 일찍 방전되는 바람에 다른 등산객에게 사진을 찍어 전송해 줄 것을 부탁해 겨우 인증 샷 하나를 건지고 막 내려갈 채비를 하는데 커다란 바위에 '노고단(老姑壇)'이라는 글씨가 유독 눈에 들어온다. 한자를 보니 뭔가 사연이 있을 법했다. 어린 시절 마을서당에서 한자를 공부한 덕에 뭔가 '어머니'와 연관이 있음을 직감적으로 알았다. 풀리지 않는 숙제처럼 '노고단'이라는 세 글자가 머릿속에서 맴돌았다. 이내 궁금증을 참지 못하고 내려오는 길에 관리사무소에 물어보았다.

구례군민들이 해마다 곡우절에 약수제와 함께 산신제를 올린다. 내가 생각한 대로 어머니와 연관이 있었다. 노고단(老姑壇)은 옛 지리산 신령인 산신할머니(노고-老姑)를 모시는 곳(단-壇)이라 붙여진 이름. 지리산과 더불어 구례 인근에 살았던 우리 조상들은 지리산 노고단에서 하늘과 산에 제사를 올리고 나라의 안녕과 백성의 평안을 기원했단다. 지리산(智異山)이란 이름도 '지혜(智慧)롭고, 기이(奇異)한 산'에서 '智'와 '異'를 따 온 이름이다. 지리산은 치악산, 월악산처럼 '악'자가 들어가는 산들과 달리 험하고 까다로운 산이 아니다. 넓고 아늑하고 포근하며

▲〈노고단〉

가없는 사랑과 한없는 포용으로 품어주는 어머니 가슴과 같은 온순한 육산(肉山)이다.

　노고단은 지금이야 턱 아래까지 이어진 도로로 쉽게 우리를 허락하지만 얼마 전까지만 해도 걷지 않으면 쉽게 오를 수 없는 곳이었다. 화엄사에서 숨을 헐떡이며 줄곧 10km는 걸어야 노고단에 닿을까 말까 했는데 이제는 성삼재까지 관광버스가 올라올 정도니 예전의 노고단은 아닌 듯하다. 물론 그 덕에 예순을 훌쩍 넘긴 나도 노고단의 모습을 볼 수 있었으니 한편으로는 고맙다. 이렇게 지리산은 과거 이 땅에 산 사람들에게도 그렇지만 오늘 우리들에게도, 또 앞으로 살아갈 후손들에게도 영원한 어머니 같은 존재이다.

　이런 사연을 들으며 개인적으로는 어린 시절 어머니를 떠올렸고, 공적으로는 내가 사는 신당동과 중구의 안녕과 평안을 기원하는 마음을 가슴에 담았다. 아울러 지리산의 영민하고 지혜로운 기운이 내게 들어와 남은 의정활동에 좋은 기운으로 작용하길 기원하며 내려왔다. 내내 어머니 품이 자꾸 부르는 듯해 쉬 내려오질 못했다.
　그날 저녁, 집에 돌아간다는 문자를 아내에게 넣었다

2장

과거를 지나 미래로 가다

좋은 일과 나쁜 일은 겹쳐서 온다

어렸을 때 일이다. 홍수로 마을이 쑥대밭이 되고, 집도 없이 구호품으로 연명하던 시절이 있었다. 이 힘들고 아픈 기억에서 빠져나오는 데 참 많은 시간이 걸렸다. 당시는 농사 말고는 딱히 먹고살 방도도 없었는데 그마저 쉽지 않았다. 사정이 이렇게 되자 가족이 한 지붕 아래 모여 사는 것조차 힘들게 됐다. 우리 집도 사정은 크게 다르지 않았다. 큰형님과 작은형님은 일찌감치 돈 벌러 객지로 나갔다. 입을 하나라도 덜어야 했다.

더 이상 초등학교를 다니는 것도 호사여서 나 역시 학업을 중단하였다. 그렇게 몇 년이 흘러 구례에 있는 제과공장에 취직하게 되었다. 지금은 찾아보기 힘들지만 당시는 간식 중에 고급에 속하는 귀한 선물용 '센베과자'와 사탕을 만드는 곳인데 거기서 과자를 만드는 기술도 배우고 포장도 하고, 배달도 하며 열심히 일을 배웠다. 몸은 고달팠지만 스스로 땀 흘려 일하고 돈도 번다는 사실만으로도 감사하고 즐거웠던 시절이었다. 과자 만드는 기술을 배우는 것은 물론 틈나는 대로 배달도 하고 포장도 하며 모든 일을 두루 익혔다. 그렇게 3년 정도 지나니 독립해서 돈을 벌 수 있겠다는 판단이 섰다. 도매로 받아서 납품하고, 소매로 판매까지 하면 돈이 되겠다는 생각이 든 것이다. 그때가 20대 초 청년시절이었으니 나름 사업가로서의 자질(?)이 있었던 걸까.

문제는 밑천이다. 3년을 열정을 다해 일하면서 기본적인 사업 운영 방식은 익혔으니 무형의 자본은 갖춘 셈인데, 실제로 가게를 얻고 물건을 구입할 돈이 문제였다. 궁리 끝에 사장님께 솔직히 말씀드리고 돈을 빌려보기로 했다.

"저… 사장님, 드릴 말씀이 있습니다."
"어 뭔데? 급한 거 아니면 나중에 이야기하자구."
"아! 그게… 급한 건 아닌데요…."
"그러니까 뭔데?"

사장님의 성급한 대답이 오히려 날 위축시켰다. 이 자식이, 기껏 가르쳐놨더니 도망갈 생각이나 하고, 등의 말이 나올 게 뻔했다. 겁이 나서 말을 꺼내기가 무서웠지만 나도 모르게 불쑥 말을 꺼냈다.

"돈 좀 빌려주십시오."

뭔가에 홀린 듯이 생각나지도 않는 말을 손짓 발짓 섞어가며 자초지종을 설명하자 사장님이 화를 내기는커녕 오히려 빙그레 웃으셨다. 그래, 비웃는구나… 역시 괜히 말 꺼냈어. 가만히나

있을걸… 하는데,

"이 녀석 봐라. 가만있어 보자… 얼마 필요하냐?"

며칠이 안 돼 흔쾌히 돈을 빌려주셔서 사업을 시작할 수 있었다. 지나고 생각해 보니 그런 배짱이 어디서 나왔는지 참 당돌했다. 그런데도 사장님이 흔쾌히 돈을 빌려주고 지지해 준 것은 아마 나의 성실함과 열정, 패기가 신뢰를 준 때문이 아닌가 생각된다.

공장을 그만두고 구례구역 근처에 조그만 가게를 얻어 내 생애 첫 사업을 시작했다. 그때가 23살이었으니 비교적 일찍 청년창업을 한 셈이다. 동생을 불러 사원으로 일하게 하고 다니던 공장에서 물건을 받아 포장해 오가는 손님들에게 팔았는데 센베 과자가 선물용으로 인기를 끈 데다 구례구역 근처라는 입지도 잘 맞아떨어져 그럭저럭 벌이가 괜찮았다. 기차역을 통해 구례를 드나드는 이들이 주 고객이었다.

그런데 뭔가 심심했다. 더 좋은 생각이 떠올랐다. 난 앉아서 오는 손님에 만족하지 않고 과자를 납품할 만한 곳을 찾아 나서기 시작했다. 오토바이를 타고 여기저기를 누비며 다녔고, 신기하게 움직이는 만큼 성과가 나오기 시작했다. 거래처가 늘기 시작했다. 젊은 나이에 성취감이 무엇인지 맛보았다.

사업이 자리를 잡아갈 즈음, 아버지 건강에 빨간불이 켜졌다. 자식들이 하나둘 자리를 잡아가고 살 만해지면 부모는 그때부터 힘들다더니 그 말이 딱 들어맞았다. 이제 좀 자식노릇하고 보살펴 드리자 마음먹었는데 아버지가 덜컥 돌아가셨다. 부랴부랴 전보를 쳐 서울 가 있는 형들에게 급히 부고를 알렸다. 하지만 다음 날이 되어도 형들이 오질 않았다. 하는 수 없이 서울에 있는 친구 편에 다시 전보를 보내 형들을 수소문했다.

전보는 구례를 거쳐 다시 광주로, 광주에서 서울로 간 뒤 서린동에 있는 친구에게 전해졌다. 그 친구가 밤늦게 전보를 들고 형들이 사는 화곡동에 찾아가 전했다. 요즘 같으면 문자나 전화로 한 번에 해결될 일이지만 당시는 그랬다. 결국 형들이 오기 전까지 내가 상주 노릇을 해야 했다. 3일장을 치루는 내내 형들은 도착하지 못했다. 상을 다 치루고 출상하여 묘지에서 하관을 할 때 즈음에야 서울에 있던 형들이 도착했다. 그래도 형제들이 모두 모여 하관하는 모습을 지켜 위로가 됐다. 아버지가 생각보다 일찍 돌아가셨다는 것이 내내 아쉬웠다. 그해는 아버지가 환갑을 맞는 해였다.

실패, 시련은 있어도 좌절은 없다

사업이 순조롭다 싶을 때쯤 위기가 닥쳐왔다. 신혼의 행복도 잠시, 어머니가 돌아가신 데다 갑자기 사업이 부도가 나는 등 악재가 겹치기 시작했다. 부가가치세 제도가 막 도입될 무렵인데 세법을 전혀 몰랐던 나는 설탕 대리점, 라면 대리점, 과자 대리점에서 승승장구했음에도 불구하고 쓰디쓴 맛을 보게 되었다.

아내가 혼수로 장만해 온 재봉틀이며 자개장 등 살림살이만 겨우 내다 팔고 후다닥 구례를 빠져나와야 했다. 그렇게 무작정 서울로 와 처가살이를 시작했다. 참으로 막막하고 앞날이 전혀 안 보이던 시절이었다. 처가살이도 기막힌데 날마다 장모께서 주시는 용돈 오천 원으로 하루를 보내며 그야말로 시간을 죽이고 살아야 했던 시절, 아침에 밥 먹고 집을 나서면 갈 데가 없었다.

한동안은 간판집에서 일하는 어릴 적 친구를 매일 찾아갔다. 그 친구는 날마다 놀러 오라고 했지만, 그것도 못 할 노릇이었다. 궁여지책으로 답십리 극장에서 온종일 죽치며 시간을 보내기도 했다. 또 다른 친구 직장에 놀러가기도 하며 하루가 가기를 눈이 퀭하도록 기다리곤 하였다. 그러던 어느 날, 장인께서 갑자기 말을 걸어오셨다.

"자네, 요즘… 어떤가?"

그 한마디가 모든 걸 다 아시는 듯해 더욱 죄송하고 부끄러웠다. 대답하기가 힘들었다. 좋다 싫다 대답 못 하는 나도 싫었지만 장인어른과 이런 이야길 한다는 자체가 자존심 상하는 일이 아닐 수 없었다.

"대단한 일은 아니네만, 혹시 내 아는 제재소에 이야길 해놨는데, 보조 일이라도 할 생각 있는가?"
"장인어른, 제가 곧 일을 찾겠습니다."

얼핏, 마지막 남은 자존심마저 무너지는 느낌이었는데 이내 다시 정신이 버쩍 들면서 나도 모르게 대답이 나갔다. 이렇게 주저앉아서 한탄만 하느니 뭐라도 일을 꾸며야 했다. 다음 날, 불현듯 나를 도와줄 한 명이 떠올랐다. 하늘은 스스로 돕는 자를 돕는다고 했던가. 어릴 적 친했던 오촌인데 서울 살면서 고향에 올 때마다 구하기 힘들었던 귀경표를 내게 부탁하곤 했었는데 그럴 때마다 난 온갖 인맥과 수단을 동원하여 표를 구해줬었다.
그가 서울에서 목수로 일하고 있는 게 생각이 났다. 그를 찾아가면 뭔가 일자리가 있을 듯했다. 바로 수소문해 만났다. 하지만 반가움도 잠시, 그는 날 의구심 어린 눈으로 쳐다봤다.

"형님이 건축 현장에서 뭔 일을 하겠어요?"

자존심이 상했지만 이것저것 따질 때가 아니었다. 난 더 적극적으로 나섰다.

"자네도 알다시피 내가 시골서 어릴 적부터 농사짓던 사람이잖아. 지게도 져보고 나무도 해보고 이것저것 다 해봤는데 그걸 못 할까 봐? 걱정하지 말고 맡겨만 줘. 나 일 좀 하게."

당시 나는 너무도 절실했으므로 어떤 일이든 마다할 형편이 아니었다. 진심이 통했는지 일자리 하나가 주어졌다. 그가 관리하던 건축현장 중 한 곳의 자재를 밤새 지키며 잡일도 하는 일이었다. 별 일 아니라 생각할 수 있겠지만 당시는 물자가 귀하고 믿을 사람 만나기가 쉽지 않던 시절이니 밤에 건축 자재를 지키는 일이야말로 아무에게나 맡기지 않는 일이었다. 그리하여 난생 처음, 소위 건축 현장의 '야방'일을 맡게 되었다.

그가 관리하던 그 현장은 고 박정희 대통령 안보보좌관을 역임한 윤한채 씨가 옛 서울대 문리대 자리에 집을 짓던 곳이었다.

난 천성적인 열성과 근면함으로 정말 성실히 일했다. 그러나 모든 일이 그렇듯이 만만치는 않았다. 사람을 사서 일을 시켜야 하는데 사람 구하기도 무척 어려웠지만 시멘트 가루가 장화 속으로 파고들어가 피부가 다 까지는 바람에 염증을 달고 살았다.

그렇게 몇 달이 지난 어느 날, 보좌관 집 거실에 걸던 샹들리에를 새로 지은 집으로 옮기고 있었다. 멀리 파출소 앞에 경장쯤 되어 보이는 사람이 양말을 벗은 채로 의자에 앉아 날 물끄러미 바라보는 게 눈에 들어왔다. 이내 그가 날 불러 세웠다.

"이봐, 거기! 그래, 너 말이야! 젊은 놈이 할 짓이 없어서 말이야."

처음엔 무슨 소린지 도통 알 수가 없었다. 그가 그 다음 말을 하기 전까진 말이다.

"얼른 내려놔. 이 자식 이거 실력도 없는 좀도둑이구만. 백주대낮에 파출소 앞을 그렇게 유유히 걸어가? 허, 나 원 참."

잠깐 기가 막혔으나 이내 정신을 차렸다. 내 행색에 고급 샹들리에를 들고 가니 도둑으로 본 듯했다. 부아가 치밀어 올랐다.

"아니, 이보슈. 소위 민중의 지팡이라는 사람이 임무수행은 안

2장. 과거를 지나 미래로 가다

하고 발 까고 한가하게 앉아 놀더니 멀쩡한 시민을 도둑으로 몰아?"

　내가 경찰과 따지며 말씨름하는 중에 때마침 집주인인 보좌관이 차를 타고 지나가다 이 모습을 보게 되었다. 그분은 차에서 내려 경찰에게 정중하게 물었다.

　"나 00번지 00호에 사는 사람이요. 이분은 우리 집에 기거하는 관리인인데 뭐가 잘못됐습니까?"

　번지수만 듣고도 누군지 금세 알아차린 경장은 바로 허리를 굽혔고 사태는 그 자리에서 마무리되었다. 집으로 돌아와서도 억울함을 참지 못해 붉으락푸르락하는데, 웃음소리가 들렸다.

　"허허 조 씨, 기분 나쁘죠? 그놈 혼 좀 내줄까요? 당장 제주도로 보내버릴까요? 허허."

　나를 달래주느라 이렇게 말을 거들던 보좌관은 차분하게 본인 얘기를 시작했다. 그는 육군 소령 때 고 박정희 대통령이 5·16을 준비할 당시 함께 참여한 주체세력이었으며, 일본에서 공사생활을 18년간 했었다고 했다. 그러고는 이어서 내게 뭐 하고 살았는지를 처음으로 물었다. 회사를 차렸던 이야기까지 들으시더니 불쑥 농심라면 대리점을 권유하셨다. 마침 농심라면을 군납하게 되어 광화문에 사무실을 두고 출퇴근하고 있으니 내가 원하면 도와줄 수 있다는 것이다. 당시 내가 뭣 때문에 그 제안을 받아들이지 않았는지 정확한 기억은 안 나지만 그분은 어려운 일 생기면 언제든지 찾아오라는 말도 잊지 않았다. 어찌나 고마웠던지 그분 손을 꼭 잡고 이야기한 기억이 난다. 귀뚜라미 울던 밤, 우린 그렇게 라면을 나눠 먹으며 밤을 지샜다.

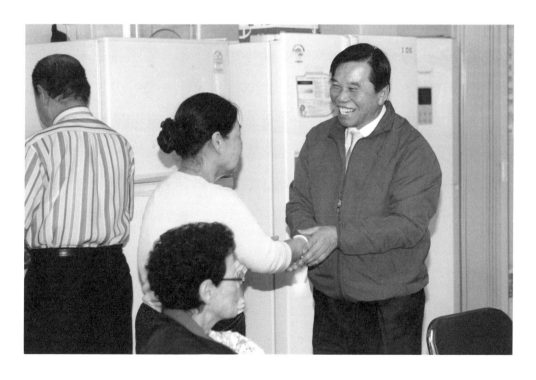

신당동, 다시 자신감과 희망을 찾다

서울 올라와 처가살이하며 마음고생했던 시절이 지나고 다시 장사를 해보기로 결심했다. 젊은 시절 배우고 익힌 제과기술을 놀릴 수 없어 내린 결론이다. 마침 면목동에 방 하나 딸린 조그만 가게자리가 나와서 얼른 계약을 하고 가게를 열었다.

세월이 많이 지났지만 그래도 익힌 기술이 어디 가랴 싶어 시작했지만 배합이 잘 떠오르지 않아 한동안 실패에 실패를 거듭했다. 처음에는 버리는 게 더 많았다. 답답한 노릇이었다. 게다가 겨울에는 그럭저럭 손님이 있었지만 여름엔 파리만 날렸다. 여름을 넘길 수 있는 묘안이 필요했다. 여기 저기 알아보던 중에 당시 유행했던 즉석 아이스크림, 일명 '브라질 아이스크림' 만드는 기계를 구입했다. 여름엔 아이스크림, 겨울엔 센베과자로 특화하기로 했다.

그런데 문득 생각났다. 장사는 목이 반이라는 사실. 구례에서의 경험이 이를 증명해 주었는데 장사를 서두르느라 까맣게 잊고 있었다. '센베과자'여서 안 팔린 게 아니라 목이 안 좋았단 생각이 들자 장소를 옮겨보기로 했다. 마침 납품하면서 서울 시내

여러 곳을 다녔는데 그중 신당 6동이 사람들이 제법 북적거렸던 것이 생각이 났다. 바로 면목동 가게를 접고 신당 6동으로 가게를 옮기기로 했다.

문제는 돈. 월세가 많이 차이 나서 당장 옮길 수 있는 형편이 안 됐다. 며칠을 고민한 끝에 아이스크림이 날개 돋친 듯 팔려나간다면 저 기계를 가지고 장사하려고 하는 사람들이 많을 것이라는 데 생각이 미쳤다. 즉 개업하려는 가게나 현재 음식점 중 신통치 않은 곳에 그 기계를 팔면 돈이 되겠다는 생각을 하게 된 것이다. 즉시 브라질 아이스크림 기계를 제작하는 업체에 찾아가 판매 영업을 제안했다. 기계 한 대 팔 때마다 내게 십만 원씩 판매수당을 주면 영업을 해보겠다는 제안을 했다. 제조업체 측에서는 굳이 거절할 이유가 없었고 그렇게 계약이 성사되어 기계판매 영업을 병행했다. 결국 나는 그 기계를 다섯 대나 팔았고 그렇게 마련한 자본금으로 기계를 구입하고 가게를 얻어 신당동에 입성하게 되었다. 이렇게 해서 면목동 시대를 마감하고 가게를 신당동으로 옮겨 아이스크림을 주력상품으로 내세워 장사를 시작했다. 첫 출발은 참 좋았다.

아이스크림은 당시 청소년들 사이에서 폭발적인 인기를 끌었다. 신당동에 자리 잡은 아이스크림 가게엔 학생 손님들이 거의 이십 미터 정도 줄 서서 기다릴 만큼 문전성시를 이루었다. 날개 돋친 듯 팔린다는 말이 실감났다.

▲ 〈신당동 전경〉

그런데 오르막이 있으면 내리막이 있다고 그마저 3, 4년 정도 지나자 시들해졌다. 새로운 아이템이 필요했다. 언젠가 책에서 읽은 "장사를 하면서 늘 다음을 생각하라"는 말이 생각났다. 다시 고민이 시작되었고 주변의 지인들을 통해서 새로운 아이템을 알아보았다.

그렇게 동분서주하며 뛰어다니는 중에도 가게 매출은 좀처럼 회복될 기미가 보이지 않았다. 마음은 다시 급해졌고 그러던 중에 알게 된 것이 요즘으로 치면 호프집이라고 할 수 있는 맥주집이었다. 지금도 마찬가지이지만 당시 맥주는 오비와 크라운이 치열한 접전을 벌이던 때였고 생맥주가 막 나와 시장에서 인기를 끌었던 시절이었다. 아이스크림 가게를 정리하고 통닭을 겸한 맥주집을 오픈했다. 예상은 적중했다. 크라운 맥주를 공급받아 시작한 맥주집은 빠른 시간 안에 자리를 잡았다. 어린 나이에 장사를 시작해 익힌 감각 덕인지 신당동에서 제일 잘나가는 맥주집으로 소문이 나면서 손님들이 끊이질 않았다. 당시에 하루 7통의 맥주를 판매했으니 매출도 꽤 쏠쏠한 편에 속했다.

그런데 또 일이 터졌다. 양 기업 간에 맥주전쟁이 치열하게 벌어지면서 공급에 차질이 빚어졌다. 결국 수요에 비해 공급이 부족하게 되면서 대리점에서 맥주 공급량을 조절하기 시작하더니 급기야는 완전히 중단되는 사태가 터졌다. 생각지도 않았던 일이 벌어지면서 영업에도 타격을 받았다. 매출 0원. 정말 그땐 난감하기 짝이 없었다. 뭔가 방법을 찾아야 했다. 이대로 가다간 다섯 식구가 고스란히 거리로 나앉을 판이었다.

고민 끝에 나는 직접 담당자를 찾아가 담판 짓기로 했다. 그를 불러내 아무 말 없이 양복점으로 데리고 가 정장 한 벌 맞춰 주었다. 그러고는 단도직입적으로 '우리 다섯 식구 먹고 살게 해 달라'는 말 한마디만 남기고 돌아왔다. 자그만 키에 새까만 얼굴의 사내가 반바지 차림으로 불쑥 찾아가 한 행동이 설득이 되어서인지는 알 수 없지만 그 후 우리 집에는 하루에 7통씩 맥주가 다시 원활하게 공급되었다. 식품대리점을 운영했던 경험으로 유통 과정을 잘 알고 있던 나는 그렇게 위기의 순간을 잘 넘겼고, 오히려 우리 집에 맥주가 남아돌아 다른 집에 나눠줄 정도로 여유가 생기면서 순조롭게 장사를 계속했다. 덕분에 우리 가족은 신당동에 완전히 정착할 수 있었다.

돌아보면 그때가 서울에서만 일곱 번을 이사한 시점이었으며, 다시 공급받게 된 맥주도 일곱 통이었으니 '7'이라는 숫자가 내게도 행운으로 작용했던 모양이다. 동가식서가숙하던 서울생활이 맥주집을 계기로 정착기에 들어갔다. 그 뒤로 난 신당동을 떠나본 적이 없다. 순천시 황전면 내 고향보다 오래 머문 제2의 고향인 셈이다. 또한 내가 어려운 시절을 견디고 자신감과 삶의 희망을 다시 찾은 동네이기도 하다. 그래서 내겐 그 어느 곳보다도 애착이 깊을 수밖에 없고 말 그대로 신당처럼 애지중지하게 됐다.

봉사를 다짐하다

부지런히 살았지만 건강이 여의치 않았던 적이 여러 번 있었다. 10대 땐 한 삼 년간 요로결석과 허리 통증으로 고생을 해야 했다. 요즘 같으면 바로 치료받았겠지만, 그땐 그저 참고 지냈다. 도저히 참을 수 없는 지경이 돼서야 결국 병원엘 갔으나 흔히 말하는 그 '신경성'이라는 오진이 나오는 바람에 또다시 그렇게 오랜 세월을 앓았다. 또 결혼 이후엔 난데없이 폐결핵에 걸려 삼사 년간 보건소를 수시로 드나들며 한 주먹씩 약을 먹어야 했다. 게다가 항생제 주사도 지속적으로 맞아야 했다. 완치가 되고도 이십 년이 지나도록 주사 맞은 곳이 딱딱했으니 얼마나 많은 주사를 맞았는지 지금 생각해도 끔찍하다. 하지만 몸 아픈 것보다 더 힘든 게 마음고생이라 했던가. 정말 어렵게 자라 어렵게 사업을 꾸렸는데 예상치 못한 불운이 닥쳐 실패하고, 하는 수 없이 서울에 와서 처가살이를 하면서 어렵게 다시 터전을 마련하게 되기까지 여러 직업을 전전했다. 젊은 시절 배운 기술이라고는 과자 굽는 것이 전부였기에 과자가게로 생계를 꾸렸으나 세법에 무지했던 이유로 커다란 실패를 맛보았고, 서울에서 다시 과자가게를 꾸렸으나 오래 전 일이라 제조법을 잊어버려 반죽한 재료를 내다버리기 일쑤였던 적도 있었다. 또 여름철을 잘 넘겨보려고 시작한 아이스크림 장사도 꽤 잘되긴 했지만 그 역시 한계가 있었다.

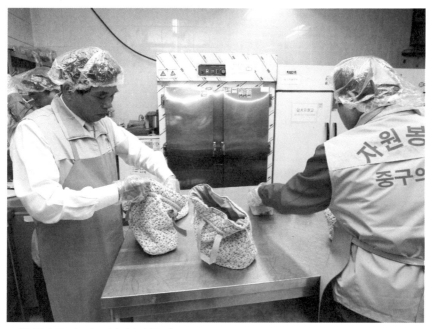

▲ 〈유락복지관 독거노인 도시락 배달 자원봉사〉

한때 과일 장사를 한 적도 있었다. 여름 과일 중 으뜸인 수박을 택했고, 당시 논밭이 많던 일산에 가서 밭떼기로 수박을 구입해 큰 이익을 꿈꾸었던 적도 있었다. 잘 익은 수박이든 덜 익은 수박이든 밭 통째로 모두 넘기는 주인에게 따져서 잘 익은 수박으로만 트럭 가득 싣고 돌아왔다. 그러나 행운의 여신은 내게 또 한 번의 아픔을 주었다. 수박을 싣고 돌아오는 그날부터 비가 내리기 시작하더니 그해 비가 너무 많이 쏟아져 제대로 팔아보지도 못하고 리어카로 수박을 내다버리기 바빴다. 결국 과일장사 마저도 망쳐버렸다. 어쩜 이렇게도 악재가 겹칠 수 있을까 지금 생각해도 참으로 어이없는 일이었다.

어렸을 때는 너무도 가난해서 먹은 게 없고 배운 게 없어 몸과 마음이 고생했고, 청년기에는 병들고 아파서 죽을 고비를 몇 번 넘겼다. 뿐인가. 스스로 사업 수완이 좋다는 생각에 자신감으로 장사도 해봤지만 성공과 실패가 반복되었다.

웬만하면 좌절하여 주저앉았을 법한데, 여러 번의 고통과 고난을 겪는 동안 나는 오히려 삶을 관조하는 여유를 가지게 되었다. 언젠가 또다시 닥쳐올 고난을 준비하는 과정에서 스스로의 삶을 돌아보는 계기가 됐다. 어차피 이런 삶의 반복이라면 남은 인생은 남을 위해 살아보자는 마음이 들었다. 그때가 아마도 1970년대 말, 내 나이 서른 살 즈음이었다.

그때부터 나는, 지금은 없어진 문화파출소 소속 청소년 선도 위원으로 활동을 했고 새마을 지도자 협의회, 자유총연맹 등에서 활동을 하면서 봉사의 삶을 시작했다. 오랜 세월을 봉사하면서 지내다 보니 자의 반 타의 반으로 총무나 회장직을 맡기도 하며 그야말로 신나고 즐겁게 봉사의 시기를 보냈다. 마치 물고기가 물을 만난 듯 그렇게 신나게, 세월의 흐름도 잊은 채 이십여년을 보냈던 것 같다. 그 덕에 중앙회장 상도 여러 차례 받았다.

나이 드신 분들은 기억할 것이다. 여름철이면 골목에서 굉음을 내며 나타나는 뿌연 연기, 동네아이들이 재미삼아 즐겁게 따

라다니던 그 연기. 그것이 연기라고 생각했다면 매웠을 텐데 맵
기는커녕, 연기를 뿌리는 사람이나 맞는 사람 모두 즐거워하던
그 '방역'봉사도 십 년쯤 했었다.

　그러면서 자연스럽게 지역 활동에 관심을 갖게 되었고 선거에
참여하게 되었다. 당시 알고 지내던 새마을 지도자 협의회 회장
이었던 분이 초대 구의원에 출마했을 때 헌신적으로 도와드린 적
이 있는데 마침내 그분이 당선되었다. 2대 구의원 선거에 또 출
마하셨을 때도 열성으로 도와드려 재선에도 성공했다. 물론 그
분이 오롯이 내 덕으로 당선된 것은 아니었겠지만 나를 곁에서
지켜보던 사람들이 자꾸 이런 말을 해왔다.

"직접 나가보시죠. 진심으로 주민을 위해서 일하는 사람이 구의원이 돼야 하지 않겠습니까. 충분히 자격 있으신데요."

구의원이라… 이런 칭찬과 권유를 자꾸 듣다 보니 어느 샌가 나도 모르게 자신감과 책임감이 생겨버렸고 결국 출사표를 던졌다. 그리하여 1998년 새마을지도자협의회 총무시절에 3대 구의원에 출마했고 당선됐다. 신당동에서의 구의원 생활은 그렇게 시작됐다.

▲ 〈언론사와 인터뷰〉

내가 잘하는 것

주변에서 본격적으로 공직에 나가보라고 권할 때쯤부터 난 준비가 부족하다는 사실을 스스로 깨닫고 이를 극복하려면 남들보다 많은 노력과 공부가 필요하다는 생각이 들었다. 내가 누군가. 생각한 것은 바로 실천해야 했다. 그래서 그 무렵 각 대학에서 운영하는 6개월에서 1년 과정의 지방자치사회교육 과정을 찾아다니며 배웠다. 지금 생각해보면 어디서 그런 열정이 나왔나 싶을 정도로 집중적으로 파고들었다.

그 결과, 1996년과 1997년에 걸쳐 나는 11개의 지방자치 관련 대학 교육과정의 수료증을 취득했다. 그중 고려대학교 사회교육원 1년 과정을 통해 지방자치 전문가 자격증을 취득한 것과 한양대학교 지방자치연구소가 독일 나우만 재단과 협약하여 운영한 6개월짜리 강좌를 수료한 것이 가장 기억에 남고 그 밖에 고려대학교 노동대학원, 국민대학교 대학원 등에서 지방자치에 관해 집중적으로 공부했는데 이 모든 것이 의회활동을 통해 경험과 접목되어 더 큰 힘을 발휘하는 계기가 되었다.

생각을 글로 쓰고 표현하는 것은 다소 부족했지만 읽고 이해

하는 것은 남들보다 빠른 편이라 부족한 부분을 보완해 나갔다. 많이 읽고 많이 보고 듣는 데 노력을 기울이다 보니 자연스럽게 남 앞에서 말문이 쉽게 열린 것도 그즈음이다. 그렇게 지방자치 전문가가 되기 위해 집중적인 노력을 한 결과, 3대 구의회에 입성하게 되었다. 의정활동을 하면서 지역상황에 맞는 다양한 조례를 제정하고, 지역문제의 해법을 제시할 수 있었던 바탕에도 그런 배움의 힘과 그 속에서 만난 사람들의 보이지 않는 도움이 컸다.

대한민국은 세계적으로도 학구열이 높은 나라이며, 그 덕에 부족한 자원에도 이만큼 경제 성장을 일구어왔다. 요즘에는 스펙도 매우 중요하지만 내가 선거에 출마할 당시엔 특히 학벌과 학연이 성패를 좌우했던 시대였다. 그러나 난 좌고우면하지 않고 젊은 시절 결심했던 봉사의 삶을 꾸준히 실천해 왔다. 비록 학벌은 부족하지만 먼저 발로 뛰었고, 내 앞에 닥친 일은 무엇이든 열심히 했으며, 좀 더 효율적인 결과를 보기 위해 갖은 머리도 다 써 봤다. 피가 섞이든 말든 누군가 일이 안 풀리고 가슴 답답한 상황이 생기면 내 일처럼 나서서 도와줘야 직성이 풀리는 성격 탓도 있다. 그러한 노력과 열정이 다행히도 운으로 작용했다. 내가 앞장서서 도와주는 일은 원만하게 해결됐고, 그렇게 문제를 해결한 주민들은 항상 내게 감사 인사를 전했다.

　그럴 때마다 신은 공평하다는 생각이 든다. 학벌이 좋은 사람들은 이미 그 행운이 주어졌으나 부족한 면이 있게 마련이다. 그렇듯 그들이 성공한 분야에선 나는 부족했으나 내가 잘하는 다른 쪽에서 성취감을 맛보았다. 내가 잘할 수 있는 부분을 선택하고 집중하여 올인한 결과가 오늘의 나를 만든 것이다.

3장

중구를 위해 발로 뛰기 시작하다

되든 말든 움직여라

　　살아가면서 누구나 많은 사람들의 도움을 받는다. 나는 어렵게 지내온 고향에서의 어린 시절, 서울 생활을 시작하는 과정 그리고 신당동에 정착하고 지방의회에 출마해 의정활동하는 과정에 이르기까지 정말 많은 분들의 도움으로 이 자리에 왔다. 감사해야 할 사람들이 많지만 나를 믿고 지지해 주신 우리 지역의 주민들에게 우선 감사드린다.

　　일반적으로 선거는, 치르는 과정에서 돈이 많이 들어간다. 하지만 난 그렇게 넉넉한 형편이 아니어서 그저 예의를 갖출 정도의 예산만으로 선거에 임했다. 그런데도 세 번이나 당선될 수 있었던 데는 지역주민들이 보내주신 성원과 격려의 힘이 컸기 때문이다. 새마을 봉사를 할 때부터 지역주민들의 불편사항들을 적극적으로 처리해 주는 것이 오랜 습성이 되다 보니 문제가 생기면 나를 찾아오는 이들이 많았다. 그렇게 한 가지씩 해결해 가는 과정에서 자연스레 행정에 관심이 생겼고 때로는 책을 통해, 때로는 사람을 통해 배우고 익혔다. 이런 경험이 바탕이 되어 구의원으로 활동하는 데도 큰 도움이 된 것이 사실이다.

그렇게 생긴 내 원칙 중 하나, '모든 민원은 즉시 처리한다'. 민원이 생기면 바로 연락해서 조치하고, 시간이 걸리는 일은 그 이유와 처리 가능성 여부, 기한 등을 알려준다. '빠른 피드백'이 중요하다. 그래서 민원인들은 나를 좋아한다. 되든 안 되든 처리과정이 빠르고 분명한 것이 의뢰한 이들에게는 매우 중요하기 때문이다. 때론 주변에서 '저런 작은 일까지 굳이 하셔야 하나'라는 소리가 들린다는 것도 안다. 하지만 생활 속 작은 민원을 신속하게 즉시 처리하는 게 내 주특기다. 그저 천성이라 생각하고 일단 움직인다. 그리고 반드시 관계공무원, 의뢰인, 나 이렇게 삼자대면한다. 제일 빠르다.

초선 때의 일이다. 3층 건물을 지닌 분이 비바람이 들이치지 않게 하려고 베란다를 막아 창문을 낸 것이 불법 판정되자 나에게 연락이 왔다. 구청 직원과 함께 찾아갔다. 집주인과 구청 직원 그리고 나, 셋이 얼굴을 맞대고 앉아 고충을 들었다. 난 그 자리에서 구청직원을 설득했다.

"당신이 집주인이라고 가정해 봅시다. 비바람이 치면 집 안으로 물이 들이치는데 어떻게 하겠어요? 놔둡니까?"

구청직원은 마침내 고개를 끄덕였고 민원은 해결됐다. 훗날 그

집주인이 구청직원과 식사라도 하라며 흰 봉투를 내밀었다. 어른이 주시는 것이라 대뜸 거절하기가 민망해 일단 손에 받아 쥐었다가 다시 정중하게 돌려드렸다.

"마음도 받고 고마움에 대한 돈도 받았으니 이제 다시 가져가시지요."

나중에 알게 된 일이지만 이분이 '조영훈이 6대 선거에 출마하면 꼭 찍어줘야 한다.' 고 동네방네 말씀을 하고 다니셨다고 한다. 그분 집이 재개발로 이사 가야 해서 부동산에 갔을 때도 집은 꼭 신당 6동으로 구해달라고 신신당부하더라는 얘기도 건네들었다. 당시는 5대 의회 때라 내가 구의원을 하지 않던 시절이었지만 6대 의회 때 내가 나올 것이라 확신하고 자진해서 선거운동원을 자처한 셈이다. 나로서는 그저 감사할 뿐이다.

내가 처음 3대 지방의회 선거에 출마했을 때 상대후보였던 분에게도 지면을 통해 감사드리고 싶다. 그분은 한동네 사는 선배로서 새마을 지도자도 함께했었고, 내게 조언을 아끼지 않으셨다. 모임을 함께하면서 일상생활에서도 크고 작은 도움을 주시는 멘토인 셈이다.

이 밖에도 신당지역 재개발 조합장과 전 시의원을 비롯해 많은 분들이 계신다. 내 말이면 무조건 다 받아주시고 진심으로 날 아껴주는 분들도 계시며, 또 늘 믿고 함께해주시는 분들도 계신다.

이런 분들 덕에 오히려 내가 겸손해질 수 있었고, 더 노력하고 더 분발하게 되었으며 그것이 오늘의 날 있게 해준 힘이다. 일일이 열거할 수 없을 정도로 많은 분들께 지면을 통해 감사드린다.

　내일 또, 그 힘 받아 움직여 볼 참이다.

공포의 검정가방

　감사는 의정활동의 꽃이다. 잘못된 것은 바로잡고 잘못 사용된 예산은 올바로 사용할 수 있도록 하며, 지역 주민을 위한 공직자들의 활동에 난맥상이 있으면 풀어주어 지역의 경제, 문화, 복지, 살림이 제자리를 찾아갈 수 있도록 세심하게 살펴야 한다. 감사를 받는 측이 준비하는 이상으로 정성을 들이지 않으면 자치의회는 제대로 자라거나 아름답게 꽃피우기 어렵다.

　"새 중의 새는 봉황이요, 공무원 중의 공무원은 중구 공무원이다."

　의정활동을 시작하고 첫해 감사에서 중구의 공무원들에게 이런 말을 한 적이 있다. 봉황은 날개가 끊어지는 아픔이 있어도 오동나무 가지가 아니면 앉지를 않고, 창자가 오그라드는 배고픔이 있어도 사군자 열매가 아니면 먹지 않는다고 알려져 있다.
　새 중의 으뜸인 봉황이 그러하듯 공무원 중 최고인 중구 공무원들도 전깃줄이나 빨랫줄같이 아무 곳이나 앉지 말고, 또한 잡수실 것 안 잡수실 것도 구분하여 가려서 드셔야 한다는 취지로

한 말이다. 나는 의회에서 이런 식의 비유를 자주 든다.

아무리 의정활동을 잘한다 해도 공무원을 능가할 수는 없다. 공무원이 집행하는 행정업무가 이만 가지가 넘는데 아무리 유능한 의원이라도 전체를 모두 감시 감독할 수도 없는 노릇이다. 각 과마다 행정감사가 수십여 가지가 있고 사안 또한 다양하기 때문에 모두를 감사하려면 수박 겉 핥는 식의 감사가 되기 십상이다. 따라서 적게는 한두 가지에서 많아야 세 가지를 넘지 않는 선에서 집중적으로 감사에 임해야 한다. 그래야 제대로 된 감사를 할 수 있다. 전부를 얻으려고 하면 아무것도 얻지 못한다는 원리가 감사에도 고스란히 적용된다.

중구의회 주민소통 공청회

2019. 11. 14.(목) 10:00   중무(

국회의사당에서 신해룡이라는 강사가 말한 것이 기억난 나는 한두 가지 사안만 집중적으로 준비하기로 가닥을 잡고 첫 감사에 임했다. '선택과 집중'의 결과는 기대 이상이었다. 당시에 노래방이 우후죽순으로 생겨나기 시작할 때라 나는 첫 감사 대상을 노래방으로 정해 관련규정과 운영실태 등을 점검했다. 물론 직접 노래방을 방문하여 실태조사를 하는 것도 빼놓지 않았다. 모든 문제의 답은 항상 현장에 있기 때문이다. 철두철미하게 현장 답사까지 마친 상황이어서 이 분야에 대해서는 썩어도 준치 수준은 됐다.

내가 알아본 바에 의하면 중구 내에 노래방은 몇 개 있는지, 노래방은 세 가지 음식점 형태 중 어떤 허가를 받아야 하는지, 노래방 관리법은 무엇인지, 노래방 내부에 불법 조명이 설치된 곳은 몇 개나 되는지, 비상구가 없는 곳은 몇 군데나 되는지, 칸막이 설치여부나 여종업원 고용 등 문제가 잘 지켜지는지 등을 담당 공무원이 분명하게 파악하고 있어야 했다. 만일 그렇지 않다면 관리 감독이 부실한 것이며, 문제의 소지가 얼마든지 있다는 걸 뜻했다.

감사가 시작되고 준비했던 질문을 하나씩 던졌다. 저항이 돌아왔다. 그 많은 노래방을 어떻게 다 파악하느냐며 공무원들이 오히려 반박해 오기 시작했다. 난 아랑곳하지 않고 재차 덤벼들었다. 내 검정가방 속 조사자료와 현장실사 결과를 하나둘 꺼내가며 조목조목 따졌다. 결국 집행부는 잘못을 시인하고 자인서를 썼다. 첫 감사는 그렇게 나름 성공적으로 이루어졌다. 그 일이 있은 후 중구 공무원들 사이에 소문이 돌았다.

'조영훈 의원이 행정감사할 때는 조심해. 처음엔 반만 보여주는데 그럴 때 멋모르고 덤볐다간 그 가방에서 고구마줄기처럼 반박자료가 죽 나온대. 준비 없이 덤벼들면 큰 코 다쳐. 어휴, 봤지? 그 공포의 검정가방! 정말…'

첫 발은 잘 뗀 셈이 됐다. 어떤 분야든 노력하고 준비하는 사람을 당할 수 없는 것처럼 의정활동 역시 얼마나 열정을 갖고 준비하느냐가 성패를 좌우한다. 더구나 한 직종에 평생 몸담은 공무원들의 능력과 수준을 능가하려면 끊임없이 공부하는 길밖에 없다. 뿐만 아니라 행정업무의 운영과정을 잘 이해하고 관련된 규정 및 원칙을 제대로 알고 있어야 한다. 즉, 담당공무원과 그 부서와 업무절차를 정확히 꿰고 있어야 한다. '이해하지 못하면 소유할 수 없다'는 말처럼 결국 관련 분야에 대해 완벽하게 알아야 공과를 정확하게 판단할 수 있는 것이다.

콩나물시루에 물을 주면 모두 다 빠져나간다. 또 줘도 또 다 빠져나간다. 그렇게 매일 물이 다 빠져나가는데도 콩나물은 잘 자란다. 물이 다 빠져도 콩은 싹트고 자란다. 마찬가지로 살면서 보고 듣고 배운 경험과 지식은 그 순간 지나간 듯해도 언젠가 결정적인 순간에 힘을 발휘할 때가 온다. 의정활동도 같다. 내가 늘 신문이나 책을 많이 보려고 노력하는 이유도 그 때문이다. 평소 다양한 분야의 지식을 폭넓게 쌓다 보면 순간에는 별 것 아닌 듯 보여도 내가 자라나기 때문이다.

아뿔싸, 방금 방구석에 던져놓은 내 가방이랑 또 눈이 마주쳤다. 죄라도 지은 듯 냉큼 집어다 벌려 책 한 권 열어놓고 안경을 고쳐 썼다. 그제야 가방이 입을 헤 벌리고 웃는다.

"그래, 너희들에겐 공포의 검정가방일지 모르지만, 나한텐 내 사랑 검정가방이다!"

큰 틀에서 보다

법은 정의로워야 하고 원칙은 지켜져야 한다. 서로 정치적 입장이 달라도 주민들을 위한 것이라면 큰 틀에서 물러서고 양보하여 문제를 해결하는 것이 원칙이며 그런 원칙을 지키는 것이 리더의 역할이다.

2006년 6월 30일은 4대 구의원 임기가 만료되는 날이다. 임기가 끝나기 1년 전, 당시 구청장이 3선으로 재직하다가 잔여 임기를 채우지 못하고 국회의원에 출마하게 되어 구청장 보궐선거를 치른 적이 있다. 이때 당선된 분이 작고하신 성낙합 구청장이다. 소속 정당이 서로 달라 불편한 사이인 데다 경상도 출신이라 경찰관 재직 시절부터 호남 출신을 꺼렸었고 김대중 정부 때 호남 사람들에게 차별대우를 받았다고 생각하여 적지 않은 피해의식을 갖고 있었다.

부임하자마자 신당 6동 어린이집 문제가 터졌다. 당시 어린이집 정원을 늘려야 운영가능하다고 판단돼 전임 청장 때 이미 20억의 예산을 편성해 놓은 상태였다. 당시 지역에는 아주 작은 노인정이 두 개 있었는데 이를 하나로 통합해 기존 어린이집에 묶고, 어린이집은 160명 수용 규모로 새로 짓는 계획이었다. 그러나 부임한 구청장은 예산을 집행하지 않았다. 지역에서 이미 공지된 일인지라 민원이 계속 제기되었다. 구청장을 직접 찾아갔다.

"구청장님, 무엇보다 지역 주민과의 약속을 지키는 것이 공인으로서 신뢰를 얻는 길인 거 잘 아시지요. 예산이 없다면 몰라도 지난 의회에서 어렵게 예산을 확보해 놓았는데 약속을 지킵시다."

나는 원칙을 강조하며 구청장을 설득했다.

"조 의원님은 우리 공무원들에게 번번이 구청장을 못 모신다고 뭐라고 하신다면서요?"

구청장은 다소 불만 섞인 어투로 나에게 이렇게 물었다. 사실 공무원은 청장을 잘 모셔야 한다고 늘 생각해 왔고 평소에도 그렇게 말해 왔다. 법과 원칙에 위배되는 부당한 지시도 무조건 따르라는 것이 아니라 소신껏 일을 처리하라는 뜻이었다. 구청장은 만능이 아니기 때문이다. 난 차분하게 이런 소신을 전했다.

"우리 윈-윈(win-win)합시다. 구청장님과 난 비록 소속정당은 다르지만 큰 틀에서 지역주민들을 위해 일해야 하지 않겠습니까. 다음 선거에서 내가 힘껏 도와드리겠소. 최소한 청장 되는 일에 방해는 안 되도록 하겠습니다. 그러니 노인정을 통합하고 어린이집은 새로 짓는 걸로 합시다."

진심이 통했을까. 청장은 잠시 머뭇하더니 흔쾌히 약속한 대로 일을 추진하기로 합의했고 바로 공사에 착수했다. 이후 서로에 대한 오해와 입장의 차이를 좁히고 지역 주민을 위해 협력하는 방향으로 나아갈 수 있는 길을 연 셈이다. 하지만 안타깝게도 그분은 재임 중에 돌아가셨고 난 공천문제로 출마하지 못했다. 인연이 있던 분이라 돌아가셨을 때 그분의 장지인 경상도 고향까지 동행했다. 당시 이런 조문에 대해 뒷말들이 많았지만 내 생각은 달랐다. 더 큰 틀에서 생각했다. 정치적으로는 서로 입장이 다를 수 있지만, 그분도 구청장 이전에 한 명의 사람 아닌가. 지역을 위해 노력한 사람. 조문하는 것이 순리에 맞았다. 모든 문제는 사람이 중심이다.

▲ 〈신당 6동 어린이집 기공식〉

▲ 〈신당6동 꿈나무 큰잔치〉

사람만 빼고 다 바꿔라

난 구의원 10여 년간 도시계획 심의위원을 역임했다. 그 심의회에 참석하는 사람들은 모두 도시계획 분야에서 내로라하는 전문가들로 건축가, 교수들이다. 자칫 소홀했다간 '번데기 앞에서 주름잡는 꼴'이 되기 십상이다. 하지만 난 늘 소신 있게 밀어붙였다.

"전문가 여러분들과 우리 구의원들은 생각이 다를 수 있습니다. 우리는 주민을 대변합니다. 따라서 법과 원칙은 지키되 주민 피해가 발생하면 안 됩니다. 반드시 지역주민들의 입장에서 생각하면 좋겠습니다."

그 10년 동안 위원들에게 수도 없이 강조한 말이다. 그들도 충분히 공감하고 취지를 이해했다. 그렇게 애쓰다 보니 잘 몰랐던 법지식과 도시계획의 원리와 방법에 관해서도 많은 것을 배웠다. '서당 개 삼 년이면 풍월을 읊는다'고 이제는 나름 안목이 생겼다.

예를 들어 중구에는 1970년대에 도심 재개발 지역으로 지정은 됐지만 시행하지 못한 곳이 많다. 대개 3000㎡ 이상의 대규모

▲ 정례회 중 예산결산특별위원회

공사는 서울시 허가가 나야 시행할 수 있어서 시행이 조금이라
도 늦어지면 주민 불편이 커지게 마련이었다. 그래서 주민불편
해소를 이유로 꾸준히 시에 요구해 5000㎡까지 구 재량으로 인
허가할 수 있도록 개선했다. 그때부터 신축건물의 인허가와 공사
에 속도가 붙었다. 또 공공용지가 충분한 경우에는 토지대신 건
물의 형태로 지원해 줄 수 있는 법안도 새로 마련했다.

중구는 사람만 빼고 모두 헌것이다. 기반시설이 들어서기 전에
주거며 건물이 먼저 들어선 전형적인 구도심이기 때문이다. 강남
은 도시계획을 먼저 세운 후 집도 짓고 길도 냈다. 예산은 많은
데 실제 공사비는 적게 들어간다. 창원시나 안산시도 그렇다. 하

수관이나 오수관, 정화조 등 학원 지정 지역, 여관이나 음식점 지역 등이 사전 계획됐기 때문이다.

그러나 우리 중구는 구도심이어서 도심을 재개발하는 과정에서 집과 도로를 허물고 다시 세우느라 물리적인 시간과 경비가 많이 소요된다. 소방도로 하나를 내려 해도 몇 배의 시간과 경비가 들어가는 것이다. 이렇게 도시계획에 따른 재개발 사업은 지역마다 현실적인 실정이 다르고 차이도 많이 난다.

중구가 재정적으로 어려운 이유도 이 때문이다. 지금도 어려운데 앞으로는 더욱 어려울 수밖에 없을 것이다. 그래서 중구의 미래가 걱정되는 것이다. 알면 알수록 내 걱정은 더 커졌다. 발 벗고 나섰다. 예를 들어 공사기간이 3년에서 5년으로 늘어나면 예산도 초과지만 주민피해도 커진다. 주민의 세금인데 주민에게 손해를 끼치면 안 되기 때문에 공기단축을 늘 독려하곤 했다.

그런데 정작 공기가 문제가 아니라 용적률이 문제가 된 적이 있다. 지금의 삼성홈타운 아파트 이야기다. 당시 이곳엔 옛 전차 기숙사로 쓰이던 한 동짜리 일명 '거지아파트'가 들어서 있었다. 말이 아파트지, 바닥이 나무판자로 돼 있었는데 밟으면 푹푹 꺼져서 언제 무너질지 모를 그런 곳이었다. 당시 63가구가 거주하고 있었는데 어쨌든 새로 지으려 해도 63세대는 확보가 돼야 하나씩 돌아갈 것 아닌가. 당연히 최소 63세대를 지을 계획으로 막 시동을 걸었는데 구에서 허가가 안 나왔다. 늘 하는 말이 또 먼저 나갔다.

"일단 와봐라 그래요!"

일단 만났다. 당시 책임자였던 한 과장은 처음부터 난색을 보였다.

"의원님, 이건 정말 죽었다 깨나도 안 됩니다. 용적률 자체가 안 나오는데 어떻게 짓습니까?"
"용적률이 왜 안 됩니까?"
"아시잖습니까? 법으로 돼 있잖아요. 300m 이내 도로가 폭이 20m는 넘어야 용적률을 올릴 수가 있는데 지금은 그런 도로가 없습니다, 거기에요."
"정말입니까? 바로 그 옆에 신당동 로터리도 20m가 안 나온다구요?"
"네 의원님, 저희가 몇 번을 쟀습니다. 안 나옵니다. 이건 정말 어쩔 수 없는 거예요."
일단 알았다고 하고 난 로터리를 다시 찾아갔다. 흠… 아무리

봐도 광활하기만 한 로터리인데 실제 폭을 재보니 20m가 채 안됐다. 그런데 가만히 보니 거긴 그냥 일직선도로가 아니라 로터리다. 묘안이 떠올랐다.

"실장님, 우리 저기 다시 한번 재봅시다."

난 줄자를 들고 냅다 뛰었다. 로터리 한쪽 끝으로 가서 줄자를 뺐다. 내가 하는 행동에 다들 이상한지 고개를 갸우뚱 갸우뚱하고 있었다.

"나오네. 여기 나옵니다. 실장님, 그 한 과장님 빨리 다시 와보라고 해요."

나도 모르게 소리쳤다. 한 과장님이 곧 도착했다.
"아이고, 의장님, 아무리 재봐도 20m가 안 나온다고 말씀드렸잖습니까. 나 원 참. 줄자 들고 뭐 하세요 여기서?"
"그래요? 자, 다시 재봅니다. 똑똑히 보셔야 합니다."

난 한심하다는 표정을 짓고 있는 한 과장을 뒤로하고 다시 줄자를 들고 로터리로 들어가 대각선으로 뛰었다.

"보세요. 나오죠? 20m 넘네요. 로타리니까 대각선으로 잴 수

도 있잖습니까? 대각선으로 재지 말라는 법은 없죠?"

1년 뒤 아파트는 올라갔고 거기 계셨던 63가구에 한 호씩 모두 남김없이 배정됐다. 2004년쯤 일이다.

"성인이 정치를 하는 근거가 되는 도(道)에는 세 가지가 있다. 첫째는 이익이요, 둘째는 위세요, 셋째는 명분이다. 이익이란 민심을 얻는 근거가 되고, 위세란 법령을 시행할 근거가 되며, 명분이란 상하가 따라야 할 근거가 된다."

중국의 한비자는 정치에 대해 이렇게 말했다. 중구의 모든 공직자들은 이 말을 마음 깊이 새겨둘 일이다. 주민에게 이익이 되어야 민심을 얻을 수 있고 그것이 법을 시행하는 근거가 되어야 하며 그렇게 세워진 법이라야 모두가 동의하고 따를 수 있기 때문이다.

인지상정

사람이 사는 세상에는 '인지상정'이라는 것이 있다. 법도 중요하지만 법은 사람이 살아가는 데 필요한 일반적인 원칙을 명문화한 것이다. 솔로몬의 지혜로 알려진 명판결의 핵심은 인지상정이다.

솔로몬 왕 시대에 두 여자가 있었다. 두 여자가 한 집안에서 각각 아기를 낳고 아기와 함께 누워서 잠을 자고 있던 중에 한 여자의 아기가 숨이 막혀 죽고 말았다. 그러자 그 여자는 자기의 죽은 아기를 다른 여자의 산 아기와 슬그머니 바꿔치기했다. 이를 알게 된 산 아기의 엄마는 상대를 고소했고 두 여자는 서로 산 아기가 자기의 아기라고 주장하다 솔로몬 왕의 심판을 받게 됐다.

솔로몬 왕은 두 여자에게 칼로 아기를 반씩 갈라서 가지라고 명했다. 그러자 한 여인은 좋다고 했고, 다른 여인은 황급히 말리며 아기를 그냥 넘기겠다고 포기했다. 지혜로운 솔로몬 왕은 아기를 상대편 여자에게 주라는 여인이 진짜 엄마임을 알았고, 그 여인에게 아기를 넘겨주도록 판결했다는 내용이다. 이 지혜로운 판결에 적용된 원리가 인지상정이다.

초선 때부터 지금까지 나는 선출직 공무원인 구의원은 사리사욕이 있으면 안 된다고 생각한다. 정말 비 오면 지붕이 새는 일만 없이 살면 된다. 주민의 세금으로 녹을 받는 사람이 이를 개인의 안위와 욕심을 채우는 데 쓴다면 누가 그런 사람을 믿고 살림을 맡기겠는가.

"주민들 민원 해결에 바친 열정으로 돈을 벌어왔으면 우리도 지금쯤 먹고살 만할 텐데…"

아내는 한편으로 이해하면서도 종종 불만을 토로한다. 그때마다 난 지역 주민의 신뢰를 받는 선출직 의원의 보람과 의미로 아내를 설득하곤 한다.

구의원을 하면서 내가 소신처럼 지키는 것이 두 가지 있다. 그중 하나는 경조비다. 경조사가 있으면 꼭 참석하고 경조비를 반이라도 내곤 했었다. 물론 법에는 위반된다는 사실도 잘 안다. 하지만 구의원도 사람이다. 한 번도 아니고 두세 번씩 우리 집의 대소사에 경조비를 낸 사람을 모른 척할 수 없었다. 다른 구의원들은 조심스러워했지만 우리가 누군가. 전통적으로 품앗이를 하며 인지상정과 미풍양속을 나누는 민족 아니던가.

〈중구의회 사랑의 도시락 배달 자원봉사〉

　나머지 하나는 100번 이상 주례를 서준 일이다. 구의원이 주례를 서다가 적발되면 선거법 위반으로 벌금을 낸다. 하지만 돈이 없어 주례를 못 구한 사람들을 외면할 수 없어서 한 번 두 번 서 주기 시작한 것이 100번을 훌쩍 넘겼다. 당연히 주례에 대한 사례비는 한 푼도 받지 않았다. 내게 주례를 부탁한 사람들은 부모, 친척이 없는 경우도 있었고 돈 한 푼 없는 딱한 사정도 있었다. 그때도 난 주저하지 않았다.

　친하게 지내는 고향 후배 중에 김재철이라고 있다. 그는 인생역정이 나와 매우 닮아서 더 정이 가는데 이 친구 역시 나를 무척 따른다. 내가 고향에 내려가면 아무리 바쁜 일이 있어도 꼭 날 데리고 다니며 여러 행사에 안내를 자처한다. 어느 날 아침, 전화가 왔다.

"와, 선배님. 잘 지내셨죠? 오늘 뭐 하십니까?"

대뜸 일정부터 물어왔다.

"왜? 뭐 안 좋은 일 생겼어? 누구 돌아가셨나?"
"아닙니다. 아닙니다. 저 지금 서울 왔습니다."
"아, 그래? 무슨 일로?"
"우리 큰조카가 오늘 결혼합니다. 서울에서요."
"아, 그래서 올라왔구나. 그럼 끝나고 얼굴 한 번 봐야지."
"끝나기 전에 뵈어야 할 것 같습니다."

나는 그날 오후 주례를 섰다. 후배의 형님이 사례금을 들고 왔다. 옆에 있던 후배가 손사래를 쳤다.

"하하, 우리 선배님은 돈 절대 안 받아요."

물론 나중에 그 아들 부부가 신혼여행에서 돌아와 넥타이를 선물해 주기에 그것은 고맙게 받았다. 난 앞으로도 그럴 것이다. 순천이든 광주든 부산이든, 선물받은 넥타이를 매고 인지상정을 나누러 말이다.

주민의 신뢰를 밥처럼 먹다

"한두 번 해봤으면 힘들다는 사실을 잘 알 텐데 굳이 또 왜 합니까?"

사람들은 내게 묻는다. 물론 돈 많은 사람이야 소위 명예를 위해 할 만한 일일 수도 있지만 나의 경우는 좀 다르다. 나를 인정해 주고 내가 하는 일에 고마워하는 지역 주민들이 계시기 때문에 그 끈을 놓지 못하는 것이다. 시쳇말로 '여자는 자기를 사랑해 주는 남자를 위해 목숨 바쳐 살고, 남자는 자기를 알아주는 이를 위해 충성을 다한다.'고 하지 않는가. 그것이 내가 일을 하는 이유이다.

"아는 만큼 보이고 보는 만큼 느낄 수 있다."

『나의 문화유산답사기』를 쓴 유홍준 교수의 말처럼 나는 선출직 의원에게 가장 필요한 덕목 가운데 하나가 공감하는 능력이라고 생각한다. 무엇보다도 문제가 무엇인지 정확히 알고 공감해야 그 문제가 당사자에게 얼마나 큰 고통인지 알게 되기 때문이

다. 그러면 그 문제가 내 일이 되고 해결하고 싶은 동기가 부여
된다. 나는 넉넉한 삶을 살아온 사람이 아니다. 가난한 집에서
태어나 어렵게 생활하며 젊은 시절을 보내왔고 밑바닥 생활부터
시작해 사업에 성공도, 실패도 해본 적 있는, 삶의 기복이 심했
던 사람이다. 육체적 고통도 여러 번 겪었지만 쓰디쓴 실패의 잔
도 수없이 마셔봤다. 그래서 누구보다도 가난을 잘 이해하고 가
난하고 어렵게 사는 사람들의 고통을 잘 헤아릴 수 있다.

　주민들의 고통과 아픈 심정을 누구보다도 잘 알고 있으니 그들
의 문제를 신속히 해결해 주는 데 최선을 다해 노력했고, 도저히
풀 수 없을 것 같은 문제들을 해결해 왔다. 이런 진심은 선거 때
마다 어김없이 표심으로 나타났고 누군가 나를 믿고 표를 던졌
다는 사실이 곧 내가 신뢰받는 증거이니 거기서 오는 성취감과

인정받는 느낌은 내 자존감을 높여주는 일이기도 한 것이다.

　표를 받는 것을 연애에 비유하자면 몇 년간의 밀당 끝에 그녀의 환심을 사게 되고 처음으로 손을 잡아보는 것과 같다. 많은 사람들이 선출직을 하고 싶어 하는 이유이기도 하다. 그래서 이번에 끝나면 그만해야지, 할 만큼 했어, 하다가도 선거 때가 되면 나도 모르게 띠 두르고 길에 나가 소리치고 있었던 것이다. 요컨대, 선거를 치르면 치를수록, 일을 하면 할수록 의무감과 책임감이 커지면서 일종의 중독이랄까 재미가 붙는다는 점 역시 연애와 같다.

　앞으로 내 목숨 붙은 날까지, 난 나를 믿고 신뢰해 주는 주민들의 고충을 처리하는 일에 최선의 노력을 해 나가고 싶다. 어려운 상황은 늘 있었지만 그만두고 싶다거나 힘들고 괴롭다고 느낀 적은 단 한 번도 없었다. 그저 누군가를 위해 내가 도움이 될 수 있다는 사실 그 자체로 즐거웠고 고맙다는 인사를 받을 때마다 뿌듯했다.

　물론 때로 상실감이 든 적이 전혀 없었던 것은 아니다. 일을 하다 보면 맺고 끊는 분명한 성격이 오히려 단점이 돼는 경우가 종종 있었다. 구의원은 4년이 임기인데 그중 전반기 2년을 1기, 후반기 2년을 2기로 나눈다. 각 기마다 9명의 구의원 중에 의장 한

명, 부의장 한 명 그리고 상임위원장 세 명을 선출한다. 나는 상임위원장을 여러 번 맡았다. 어느 해인가 우연한 기회에 전반기에 의장에 출마했었는데 표결에서 탈락했다. 후반기에 다시 도전했으나 역시 마찬가지 결과가 나왔다. 불의를 보면 참지 못했던 내 대쪽 같은 성격 탓에 내가 의장이 되면 집행부가 일하는 데 골치 아프다고 생각했다는 것을 나중에야 알게 됐다.

약간 상실감이 들기도 했지만 후회는 하지 않았다. 옳지 않은 일엔 항상 그 자리에서 바른 소리를 해야 직성이 풀리기 때문이고 그에 직책은 중요하지 않기 때문이다. 어차피 난 주민의 종이고, 주민을 위한다는 대의명분이 뚜렷하며, 늘 주민의 입장을 관철하는 방향으로 의정활동을 해갈 생각이다.

시의원을 권유하는 주민들도 간혹 있다. 그러나 시의원은 소속 당의 어젠다나 정치적 이슈에 크게 영향을 받는다는 점에서 내 적성과 맞지 않는다. 오히려 구의원은 소속정당이 달라도 소신껏 일할 수 있기 때문에 내 성격과도 잘 맞는 천직이라고 생각한다. 그것이 지금까지도 변함없이 내가 구의원을 고집하고 있는 이유 이며 나를 신뢰하고 믿어주시는 지역주민에 대한 보답이자 책임 의식이라고 생각한다.

지난 이야기이지만 4대 의회 때 신당6동만큼은 구청장, 시의 원 그리고 구의원 이렇게 3인이 철저하게 공조 선거를 했었다. 하지만 결과는 참담했다. 세 번이나 연임했던 구청장은 100표 차 로 낙선했고 시의원은 많은 노력을 투입했는데도 780표 차로 졌 다. 그런 정황으로 보아 나도 떨어질 것으로 알고 사실상 포기하 고 있었는데 의외로 280표 차로 당선되었다.

우리 주민들이, 정당은 여당을 지지해도 실질적인 일을 하는 구의원은 지지하는 정당에 관계없이 가장 잘할 수 있는 사람을 선택한다는 증거다. 이처럼 누군가의 신뢰를 받고 있다는 사실이 한 사람을 성장하게 하고 자긍심을 갖게 하는 결정적인 요인이 다. 이것이 내가 구의원을 하는 이유이며 그 신뢰의 힘이 지역의 현안을 더 잘 해결하고 주민 입장에서 노력하게 하는 동력이다. 많은 사람들이 날 믿어주고 지지한다는 걸 눈으로 확인했을 때 그 뿌듯함과 책임감은 이루 말할 수 없다. 아침부터 눈으로 확인하는 날은 두말할 것도 없다.

"조 의원님 덕분에 우리 신당6동이 아주 좋아졌어요. 앞으로도 계속 일해 주셔야 합니다."

경상도 출신에 보수정당 성향을 가진 주민이 있는데 그분은 나만 보면 이렇게 인사를 해온다. 아침부터 이런 인사를 받는 날이면 저절로 기분이 좋아져서 '그래 잘해야지' 마음을 다잡게 된다. 오늘도 난 그 신뢰에 보답하기 위해 즐거운 마음으로 출근한다. 한 손엔 여지없이 검정가방을 들고 말이다.

"나 합격됐으니 다시 검사해 주시오"

법치국가의 기본은 법을 지키고 그 테두리 안에서 모든 일이 이루어지는 것이다. 그런 사회적 약속이 잘 지켜지는 나라가 선진국이고 누구보다 이에 앞장서야 할 사람 역시 공무원이다.

한 나라의 공무원이라 함은 모름지기 법과 원칙을 지켜 백성들로부터 신뢰를 받아야 하지 않겠는가. 그런 의미에서 우리는 아직 갈 길이 멀다. 곳곳에 고쳐야 할 부분이 많다. 종종 눈 가리고 아웅 하는 일까지 있어 뒷맛을 씁쓸하게 한다.

지난여름, 자동차 검사를 받으러 갔을 때의 일이다. 몇 가지 검사를 마치고 '불합격' 판정을 받았다. 내 차는 12인승 승합차였는데 말이 12인승이지 뒷좌석이 비좁아 6인승이다. 그래서 가운데 공간을 넉넉하게 쓰려고 뒷좌석을 떼어놨는데 그게 문제가 됐던 것이다. 출고 때와 상태가 달라서 '불합격' 판정을 받은 것이다. 원래 상태로 복구해서 다시 검사를 받으란다.

지킬 건 지켜야지 하는 마음으로 차를 놔두고 집으로 돌아와 카트에 의자를 싣고 다시 검사소로 향했다. 그런데 무더운 날씨에 짜증이 났는지 아니면 수고비를 몇 푼 받지 못할 것 같아서인지 정비사가 의자를 제대로 복구하지 않고 그냥 차 뒷좌석에 대충 얹어 놓은 채로 다시 검사를 받으러 가보라고 권했다. '이거 역시 출고 때 상태가 아닌데 통과가 될까'하는 생각이 들어 의아했지만 어차피 좌석을 쓸 생각도 아니어서 그가 말한 대로 했다. 그런데 검사관이 대충 둘러보더니 하는 말이 더 가관이다.

"나중에 저거, 장착하세요. 합격!"

통과는 됐는데 왠지 석연치 않았다.

'아니 이렇게 경고만 하고 통과시킬 거면 아예 처음에 왔을 때 그러면 될 일이지, 기껏 두 번씩 오가게 하고, 의자는 붙지도 않았는데 이제 와서 합격이라구?'

생각이 여기에 미치자 부아가 치밀어 오르며 이건 아니다 싶었다. 난 기어이 의자를 제대로 붙이고 다시 검사소로 돌아가 단단히 따졌다.

"이봐요. 나 합격받았는데, 다시 검사해 주시오."
"…네? 뭐라구요?"
"아까 합격은 잘못됐으니 다시 검사해 달란 말입니다."

뭐 이런 사람이 다 있어 하는 표정으로 날 한참 바라보던 검사관은 이내 사정을 알아차리고는 연신 죄송하다며, 다음부터는 철저하게 검사하겠다고 약속했다. 관련법을 잘 모르던 사람을 살살 꼬드겨서 공범자로 만들려고 한 셈 아니던가. 구의원인 나도 이렇게 당하는데, 일반 시민은 오죽하겠는가 하는 생각에 내 목소리는 한없이 높아져갔다. 그렇게 난 그날, 기어이 세 번을 다니고, 돈은 돈대로 더 쓰고 나서야 진짜 합격증을 받아들었다.

　법과 제도는 그 사회의 척도이며 사회 구성원들 간의 합의된 약속이다. 그런 약속이 보기 좋게 무시되고 지켜지지 않는 사회는 언제든 그런 약속을 깨도 되는 사회가 되므로 불안하다.
　하나를 해결하면 바로 옆에서 다른 문제가 발생하는 허술한 법제도, 한쪽에서는 통과인데 다른 쪽에선 불합격이 되는 그런

형식적인 운영 등은 모든 가치를 떨어트리게 마련이다.

이에 반해, 북미와 유럽 등 선진국은 이런 사회적 합의가 가장 우선적으로 지켜진다. 예외나 임기응변, 형식적인 처리가 허용되지 않기 때문에 특혜를 보는 사람도 없고 손해를 보는 사람도 없다. 누구든 얼굴 붉힐 일이 없다는 뜻이다. 따라서 모든 사람이 불만 없이 따르는 풍토가 자리 잡게 되므로 사회가 합리적으로 굴러간다.

버스 전용차로제도의 경우에도 그렇다. 말 그대로 버스 등 사람을 많이 태우는 차량에게 우선권을 주는 제도이다. 갈수록 복잡해지는 도로에서 대중교통을 이용하는 사람들에게 편의를 주기 위한 법이다. 하지만 운전자 또는 기껏해야 두세 명만 타고 있어도 버스나 12인승 승합차면 무조건 전용차로를 이용하는 게 현실이다.

물론 성숙한 시민의식으로 스스로 양심껏 이용하면 더없이 좋겠지만 현실은 그렇지 않다. 그래서 전용차로를 단속하는 장치와 인력이 추가로 배치되지만 이 역시 한계가 있으며, 합의된 약속을 지키도록 하는 데 사회적인 비용을 또 들여야 한다는 점도 문제다.

아무리 좋은 법과 제도라도 모두를 만족시킬 수 없는 건 사실이나 아무리 좋은 법과 제도라도 지키지 않는다면 이 역시 허사다. 그래서 필요한 것이 일차적으로는 사회적인 약속을 지키려는 성숙한 시민의식이고, 둘째는 이를 합리적으로 운영하는 제도적 장치, 그리고 이를 마련하는 정치의식이다. '정치의 목적은 선을 행하기 쉽고 악을 행하기 어려운 사회를 건설하는 데 있다'고 한 글래드스턴의 말이 새삼 마음에 와닿는 이유도 그 때문이다.

인사는 만사

오늘날 행정은 분권화, 민간화되면서 자치의 시대를 열어가고 있다. 서로 협력해 능률을 높이는 민간기업 방식이 행정에 도입되고 있는 점만 보더라도 현대행정의 가장 중요한 수단은 협조체제의 구축이며, 이 체제는 신뢰를 바탕으로 정보를 공유해 예측가능성과 투명성을 보장할 때 더욱 효과적이다.

그 중심에 있는 것이 사람이다. 모든 일이 사람에 의해 이루어지며 사람을 잘 등용하고 관리해야 조직이 살아 움직이기 때문이다. 특히 조직의 리더가 바뀌는 때는 더욱 그렇다. 의지를 관철하고 운영을 원활하게 하기 위해 리더가 조직을 개편하는 것은 당연한 일이며 그 과정에서 법과 절차를 지킨다면 두말할 필요가 없다. 하지만 이를 무시하고 행정편의적인 발상으로 인사를 단행할 경우, 반드시 문제를 일으키기 마련이다.

2004년, 이런 일이 우리 중구에서 일어나고 말았다. 당시 신임 구청장이 취임하면서 인사를 단행했다. 사무관 6명을 포함, 139명이 전보 또는 전출되었다. 이는 중구 전체 공무원 1/10에 해당하는 숫자이지만 주민들의 손발 격인 동사무소 공무원의

40~60%가 그 대상이 된 점에서 심각했다. 특히 공무원들의 인사를 단지 구두협의만으로 단행함으로써 본래의 목적과 달리 오히려 공무원들의 사기와 화합을 저해한 점이 큰 문제였다.

지방자치법에는 "지방자치단체는 법령이나 상급지방자치단체의 조례에 위반하여 그 사무를 처리할 수 없다"고 규정하고 있을뿐더러 "임용권자는 소속공무원의 동일직에서 장기 근무로 인한 침체를 방지하여 창의적인 직무수행을 기하는 한편, 과다하고 빈번한 전보로 인한 능률저하를 방지하여 안정적인 직무수행을 기하도록 하여야 하며, 특별한 사정이 없는 한 공무원의 생활 연고지를 고려하여 정기적으로 전보를 실시해야 한다"고 직무의 안정과 인사의 예측가능성을 명시해 놓았다.

지방공무원 임용에 관해서도 "임용권자는 다음 각 호의 징계

처분을 받은 자, 형사사건 관련자 등에 해당하는 경우를 제외하고는 그 직위에 임용된 날부터 1년, 통계, 호적, 주민등록업무 또는 기타 민원창구에서 민원업무를 담당하는 공무원은 1년 6월, 감사, 병사, 세무, 법무, 공시지가 업무를 담당하는 공무원은 2년 이내에 다른 직위에 전보할 수 없다"고 업무의 전문성과 효율성을 강제 규정하고 있으며 "감사담당공무원 중 부적격자로 인정되거나 기관장이 보직관리상 특히 필요하다고 인정하는 경우"에 "공무원을 전보제한 기간 내에 전보하고자 하는 경우에는 당해 인사위원회의 심의를 거쳐야 한다."고 아울러 규정하고 있다.

이러한 법령과 규정들이 버젓이 있는데도 팀장을 포함, 17명을 인사위원회도 거치지 않고 교체하였다. 뿐만 아니라 반드시 사전 계획을 수립하고 인사위원회 등 소정의 절차를 밟아야 한다는 규정도 무시한 채 사전 계획은커녕 서면협의도 생략하고 구두협의만을 거쳤다.

서울특별시중구인사위원회 운영규칙 제2조 위원회의 기능 제2항, "지방공무원의 보직관리기준 및 승진 임용기준의 사전심의, 승진, 전보, 파견 등 임용에 관한 사항을 관장한다", 동 운영규칙 제31조 2항, "전보제한을 적용받는 공무원의 구분은 다음과 같다"하여, "민원창구공무원, 감사담당공무원, 세무담당공무원, 법무담당공무원은 전보를 제한"한다는 조항만 보더라도 명백한 불법인사였다.

의회사무국은 설상가상. 지방자치법에 "사무직원은 지방의회 의장의 추천에 의하여 당해 지방자치단체의 장이 임명한다"고 되어 있다. 기관 간의 인사교류인 만큼 반드시 사전에 서면을 통해 의회 의장에게 추천 내지 협의를 해야 하는데도 구청장은 당시 김동학 의장에게 겨우 하루 전날 구두로 통보했다. 의장이 보류해 달라고 부탁했으나 정파에 따른 어이없는 인사는 강행됐다. 문자 그대로 '유배'시켜 버린 것이다.

고질적인 병폐가 내 눈앞에서 일어났다. 사실 의회는 구청을 견제하고 감시하는 일의 본부나 마찬가지다. 그런데 정작 이 의회에서 일하는 직원들의 인사권을 구청에서 쥐고 있으니 정당이 바뀔 때마다 이런 식의 인사가 되풀이되고 있었던 것이다. 더욱

이 정당이 다르다는 이유로, 혹은 견제를 안 받을 목적으로 의장이나 의회를 적으로 간주, 사무과 직원 전원을 인사조치한 것은 유례없는 일이었다. 직원들이야말로 주어진 일을 하는 공무원들이고, 말 그대로 견제와 감시의 역할을 하기 위해 존재하는 사람들인데 의회의 손발을 묶어버렸다. 아무 일도 못 하고 식물인간 상태로 몇 달을 허비했다. 의회도 의회지만 직원들은 무슨 죄인가. 난 그냥 넘어갈 수가 없어 소송을 제기했다. 적어도 인간적인 차원에서라도 직원들을 살려보고(?) 싶어 취소소송을 냈으나 패소했다. 분통이 터졌지만 어찌할 도리가 없었다. 난 숨을 고르고 다시 준비에 들어갔다.

먼저 인사위원회의 사전 심의에 의해 정해졌을 것으로 보이는 보직 관리 기준 및 전보, 승진, 임용기준 등의 자료와 구청장 인사지침, 그리고 구청장 또는 담당 국장 결재서 사본 등을 자료로 요구했다. 뿐만 아니라 인사위원회를 거쳤는지 보기 위해 회의록 사본도 요청했다. 그러나 당시 행정지원과장은 단 두 줄짜리 답변서만 내고 어떤 자료도 제출하지 않았다. 의회와 의원 전체를 마비시키려는 의도인지조차 의심됐다. 난 엄중하고도 집요하게 따져 물었고 결국 특별한 경우를 제외하고 의회 직원에 대해서는 구의회 의장의 추천을 받아 인사하겠다는 답변을 얻어냈다. 그리고…

작년 일이다. 내가 의장이 된 것도, 의회 역사 32년 만에 의회 인사권이 독립된 사실도 말이다. 지방자치법이 결국 개정됐고 인사권은 '구청장'에서 '의장'으로 넘어왔다. 말 그대로 풀뿌리 민주주의의 혁명이요 쾌거다. 두 주먹이 꽉 쥐어졌다. 그래, 이제 정말 제대로 일해보자!

일하고 싶은 욕심

부의장이 잽싸게 내 손을 잡아채 구석으로 끌고 갔다.

"아니, 의장님, 억울하지도 않으세요? 뭐 굳이 그렇게 말씀하십니까?"

평소 내 선거운동을 자기 일처럼 도와주던 부의장은 못내 억울한지 연신 씩씩댔다.

"하하, 부의장님, 고마워요. 하지만 저들이 홍보해 준 건 맞잖아요? 하하."

서울시 구의회 의장 협의회. 서울시 25개 구의장들이 모인 협의체이다. 당초 구의회에서 전, 후반기를 나누어 의장을 맡는 게 관례이다시피 했는데, 전반기에 의장을 한 이후 주변에서 지지와 추천이 이어지는 바람에 내가 후반기에 또 의장선거에 나간 것이 화근이 됐다. 미운털이 박혀 당에서 제명됐다.

문제는 분위기이다. 원래 민주당 소속이긴 해도 지금은 엄연히 당적이 없는 신분으로 의장단 선거에 출마하다 보니 그전엔 대놓고 나를 지지하던 사람들도 하나둘 의견을 내놓기 꺼려하는 분위기가 돼버렸다. 아니, 당적이 없다는 이유로 대놓고 반대하는 사람들까지 생겨났다. 그래도 선거날은 쏜살같이 와버렸다.

"아니 의장님, 저기 OOO씨 왔는데요. 서울시당에서요. 웬일이 래요? 우리 선거가 이렇게 중요한 선거였던가요? 잠시만요, 도대체 왜 왔는지 물어나 보게요."

더불어민주당 서울시당은 말하자면 더불어민주당의 본부 격이다. 그런 곳의 모 인사가 선거날 투표장에 왔다.

평소 물심양면 헌신할뿐더러 늘 자기 일처럼 날 도와주는 김행선 부의장은 그날도 여지없이 의장단 선거에 와줬다. 아니, 와주는 정도가 아니라 보는 사람마다 커피를 타주며 선거운동 일선에서 궂은일도 마다않는 분으로 내겐 늘 고마운 분이다. 그런 그가 투표장에 나타난 서울시당 인사를 바로 알아보더니 따지러 간 것.

"아니, 서울시당에서 의장협의회 선거에 왜 오셨답니까?"

그 인사는 대답은 않고 오히려 부의장을 채근했다.

"아니, 그러는 부의장님은 의장단 선거에 뭐 하러 오셨습니까?"

"우리 중구 의장님이 선거에 나오는데 부의장이 오는 게 뭐 잘 못됐습니까? 더구나 많은 분들이 우리 의장님을 지지하시는데 요. 당연히 와야죠."

부의장은 눈 하나 깜짝 않고 맞받아쳤다. 내심 든든했다. 부의 장의 기개에 힘입은 난 그날 당선됐다.

전국시군자치구의회의장협의회 회장이 된 일도 생각해 보면 까 마득하다. 전국 15개 시도 대표회장이 모이는데 문제는 여기서 도 후보 세 명 중 나만 당적이 없다는 사실이다. 평소 신념대로 주변의 지지와 추천으로 시작한 일이지만 그 시작부터 만만할 리 없었다. 애써 선거운동을 하는 데 여념이 없던 나는 그날도 평소 날 지지해 주던 모 인사에게 전화를 걸었다. 다시 한번 지 지를 확인하는 전화였다.

"아이고, 안녕하시죠? 늘 감사드립니다. 이제 투표도 얼마 안 남았는데 한번 뵙죠."

그런데 건너편에서 당혹스런 느낌이 전화기를 통해 들어왔다.

"아, 그게 말이죠. 의장님, 제가 갑자기 일이 좀 생겨서요…."

"아니, 며칠 전만 해도 괜찮다고 하시고선…"

"그게 사정이… 좀 생겨서요. 하여튼 의장님, 이제 전화주시면 안 됩니다."

그는 황급히 전화를 끊었다. 모든 것이 짐작 가능했다. 내가 당적이 없다는 게 이렇게 발목을 잡을 줄은 몰랐다. 따지고 보면 저들 입장에서 당적도 있고 경험도 있는 사람들이 줄 서있는데 굳이 나를 고를 이유는 없었다. 설상가상 민주당 모 국회의원은 대놓고 선거운동에 껴들어 조영훈을 뽑으면 안 된다고 홍보 아닌 홍보를 한다는 이야기까지 들렸다.

투표날 당일. 이번에도 역시 부의장님은 나와 동행했다. 막 문을 들어서려는데 갑자기 대형버스 한 대가 우리 앞을 지나갔다. 무슨 일인가 싶어 잠시 발걸음을 멈췄다. 버스에서 사람들이 줄줄이 내리기 시작했다. 후보 세 명 중 한 명은 아예 본인이 회장에 당선될 거라고 생각하셨는지 수십 명을 동원해 온 것이다. 뿐인가. 그들 모두가 꽃바구니와 꽃다발을 들고 환호하고 있었다. 우리는 말없이 서로를 잠시 쳐다봤다. 우리는 달랑 5명. 손에는 아무 것도 없다. 뭔가 위세에 눌린 듯한 느낌이 들었다.

어쨌든 정견발표에 이어 소감을 말하는 순서. 늘 억울한 생각이 앞선 나는 터놓고 하소연하고 싶었으나 호흡을 바꿔먹었다.

"우리 후보님들, 두 분 다 저보다 젊으시고, 능력 있는 분들이라고 생각합니다. 그리고 감사하게도 제가 무당적이라는 사실을 온통 주변에서 다 홍보해 주셔서 감사드립니다."

간략하게 소감을 피력했다. 이후 피선거권자로서 투표시간에 투표장에 있을 수 없는 난 부의장과 함께 투표장 밖으로 나가 기다렸다. 부의장은 늘 내 편.

"아휴, 뭐 그렇게 얌전하게 말씀하세요? 분하지도 않으세요? 나 같으면 대놓고 한마디 했을 텐데…."
"뭐 이제 와서 그 양반들 깎아내려봤자… 어쨌든 홍보는 홍보 잖아요? 허허."
"아이구 의장님도 참, 어쨌든 좀 앉으세요. 의장님 해오신 게 있는데, 꼭 되실 거예요."
"안 되면 말지 뭐…."

그날도 난 다시 전국시군자치구의회의장협의회 회장에 당선됐다. 일하고 싶은 내 욕심은 과연 어디가 끝일까. 그 끝은 모르겠지만 어쨌든 난 일하고 싶다. 적어도 아직까진 말이다.

4장

조례왕이 되어 본격 동분서주하다

조례에 눈뜨다

법은 모든 것을 포괄한다. 우리나라는 법치국가이며 상위법 우선의 원칙을 적용하고 있다. 따라서 주민자치의 원리가 구나 시·도 의회에 따라 지역별 격차를 만드는 원인이 돼서는 안 된다. 이를 방지하기 위해 헌법에 '법령의 범위 안에서' 자치에 관한 규정을 제정할 수 있다고 명시한 것이다. 그렇기 때문에 명령이나 조례의 올바름은 법률에 따라, 법률의 올바름은 헌법에 따라 판단한다.

우리 헌법 제 117조.

"지방자치단체는 주민의 복리에 관한 사무를 처리하고 재산을 관리하며, 법령의 범위 안에서 자치에 관한 규정을 제정할 수 있다." 즉 조례는 지방자치단체가 자치권에 의하여 자주적으로 정립한 법이다. 따라서 국회에서 법률을 제정하듯, 시의원이나 우리 구의원들이 지방자치 단체의 조례를 제정한다.

특히 조례는 만드는 그 자체로도 정치적 의미가 있지만, 만드는 과정에서 주민들의 의견이 반영되고 만든 후에는 그 혜택이 골고루 돌아갈 수 있도록 해야 한다. 그래서 경우에 따라서는 조례를 만들 때 주민청구를 위한 서명운동 등 그 필요성을 널리 알리고 주민이 참여하는 공론의 장을 열어놓는 것이 필요하며 이러한 합의가 조례에 담긴다면 그 자체로 주민의 관심과 참여가 된다. 명실공히 지방자치의 꽃인 것이다.

의회의 중요 기능인 예산 심의과정도 크게 다르지 않다. 구청에서 편성해 온 예산의 심의 확정은 주민의 세금을 가장 효과적으로 쓴다는 원칙을 엄격하게 적용해야 한다. 또 그 쓰임을 보는 것도 중요하지만 제일 먼저 수입을 봐야 한다. 그해 우리 구에 들어온 돈과 들어올 돈 모두를 정확히 파악해야 효율적인 배분이 가능하기 때문이다.

이처럼 조례와 예산은 의회의 가장 중요한 업무인 만큼 무엇보다도 주민들에게 혜택이 고루 가게 해야 한다. 그래야 의회도 자치구도 신뢰를 얻을 수 있다. 아울러 예산은 승인도 중요하지만 그 흐름을 충분히 검토해야 한다. 뿐만 아니라 당초 승인된 대로 사용하고 있는지를 지속적으로 확인하는 것도 의회가 해야 할 중요한 역할이다.

건설 관련 5대 조례가 있다. 건설, 도시계획, 하수도, 공원 등이다. 그런데 이 조례는 서울시나 직할시, 광역시에서는 제정할 수 있지만 자치구는 불가능하다. 그런데 아이러니하게도 지방에서는 시, 군 조례를 만들 수 있다. 그 이유는 '개발의 연속성을 위하여 조례를 지양한다.'라고 밝히고 있기 때문이다.

그러나 실제로 개발의 연속성을 위해서라면 구 조례가 필요하다는 생각이 들었다. 지방의 시, 군에서 조례를 제정할 수 있다면 서울의 자치구 조례도 가능해야 한다. 예를 들어 하수도가 중구에서 성동구로 흐르고 있는데 하수도 조례를 중구에서만 만들고 성동구는 만들지 않는다면 개발의 연속선상에서 문제가 생기는 것은 충분히 이해가 간다. 하지만 그에 따른 보상 문제를 조례에 포함한다면 전혀 불가능한 것도 아니다.

"가만 있어봐, 이거 다른 조례는 문제가 없나? 새로 필요한 조

례도 있을 수 있겠는데?"

생각이 여기에 미치자 난 또 바빠졌다. 그날부터 내 검정 가방
을 온통 조례로 가득 메워 집으로, 의회로 들고 나르며 하나하
나 훑어보기 시작했다. 현재 중구에는 약 150개 정도의 조례가
있다. 한 시간이 아까웠다.

조례왕, 생활 속에 체육을

불편을 들을 수 있는 열린 귀를 갖는 것. 조례는 여기서 출발한다. 의정활동의 핵심은 소통이다. 주민의 의견을 마음을 열고 들어야 하고, 이후 해결을 고민하는 과정에서 만들어지는 것이 조례이기 때문이다. 그래서 난 조례를 훑어보는 데만 그치지 않고 직접 발로 뛰기 시작했다. 들어야 하기 때문이다. 이렇게 의정활동을 하는 동안 내가 직접 발의하거나 공동 발의한 조례 150건이다. 대표적으로 노인복지기금조례, 공동주택지원조례, 생활체육기금조례, 생활체육인지원조례 등이 그것이다. 이들 조례는 지역주민의 요구와 내가 살아온 경험 그리고 의정활동의 경험과 타 지역 및 선진국의 사례를 통한 벤치마킹 등 다양한 경로를 통해 발의하고 제정하는 과정을 거쳤다.

먼저 서울특별시 중구 생활체육진흥조례안을 보면 중구 구민의 생활체육을 도모하고 자발적인 체육동호인 조직에 보조금을 지급할 수 있는 근거 및 생활체육교실의 효율적인 운영을 위하여 위탁 운영할 수 있는 근거 등을 마련하고자 하는 것이 기본 취지였다. 당시 우리나라는 88 서울올림픽을 계기로 전문 체육인 위주에서 구민들이 직접 참여하는 생활체육위주로 변하고 있었다. 이를 반영해 중구 구민의 건강을 위해 생활체육을 활성화하고 구민의 건전한 체육활동 및 여가선용에 기여하고자 조례안을 만들었다.

▲ 〈중구민 한가족 걷기 대회〉

오늘날 우리는 의학의 발달로 평균수명은 크게 늘어났지만 급격한 산업화에 따라 교통·통신수단의 발전과 자동화에 따른 신체활동의 감소, 급변하는 환경에 적응하는 데서 오는 스트레스의 증가 및 새로운 질병의 발현 등 인간의 건강을 위협하는 요소 또한 날로 커지고 있다. 이는 국민들이 건강하고 행복한 삶을 영위하는 데 가장 큰 저해요인이 되고 있다. "건강한 신체에 건강한 정신이 깃든다"는 말처럼 우리의 건강은 몸에서 출발한다.

따라서 진정한 복지사회와 행복을 추구하기 위해서는 건강한 신체를 위한 생활체육진흥이 반드시 필요했다.

외국의 예를 먼저 검토했다. 독일은 산업화로 인한 위기와 제2차 세계대전 패전으로 인한 상실감을, 막대한 예산이 뒷받침된 국민체육활동활성화를 통해 극복한 결과 지금은 세계적인 스포츠강국이 됐으며 전체인구의 ⅓이 스포츠클럽회원으로 활동하고 있다. 가까운 일본 역시 국가체육발전지표를 국민생활체육을 바탕으로 한 엘리트체육으로 전환하여 국민생활체육시설의 건설, 지역별 생활체육조직의 육성·지원 등 국가적인 사업을 전개하며 범국민 체력 만들기 운동이 한창이다. 이처럼 생활체육은 선진국에서는 이미 더 이상 노력할 것도 없을 정도로 보편화돼 있다.

이렇듯 생활체육이란 신체활동을 일상생활의 한 과정으로 삼아 규칙적으로 실행함으로써 체육이 생활화되는 실천체육을 말한다. 굳이 국민체육진흥법 등 관련법규를 언급하지 않더라도 이제 현대복지국가의 행정은 국민의 건강까지도 돌봐야 하는 상황이다. 따라서 생활체육진흥을 위한 법률적·제도적 근거를 마련하여 우리 주민들의 건강한 생활을 보장하자는 것이 법안 발의의 취지였다.

아울러 그간 적절한 기준 없이 막연하고 모호한 지원을 해왔던 것을 보다 체계적으로 지원하기 위해서도 조례안이 필요했던 것이다.

조례안을 제출했다. 구청장은 생활체육진흥시책을 강구하고 체육활동을 권장·보호 및 육성하도록 했으며, 제3조에서는 구민의 자발적인 체육동호인활동과 체육동호인조직의 지원을 위하여 예산의 범위 안에서 보조금을 지급할 수 있는 근거를 마련하고자 했다. 또한 생활체육교실의 효율적 운영을 위하여 생활체육관련단체나 개인에게 이를 위탁할 수 있는 근거를 마련하고 마지막은 '보조금에 관한 사항은 서울특별시중구보조금관리조례를 준용하도록 할 것' 등을 첨부했다.

이는 국민체육진흥법 "국가 및 지방자치단체는 국민체육진흥에 관한 시책을 강구하고 국민의 자발적인 체육활동을 권장·보호 및 육성하여야 한다"와 "국가 및 지방자치단체는 대한체육회, 서울올림픽기념 국민체육진흥공단, 기타 체육단체와 체육과학의 연구기관에 대하여 소요경비 또는 연구비의 일부를 보조한다" 등에 근거한다.

물론 보조금의 지급근거 등 예산상의 부담을 수반할 수 있는 내용을 포함하고 있어 지방자치법 제123조 "지방의회가 새로운 재정부담을 수반하는 조례나 안건을 의결하고자 할 때에는 미리 지방자치단체의 장의 의견을 들어야 한다"에 따라 집행부의 의견을 구하는 절차를 거쳐 심의 의결됐다. 이로써 중구 2~3만 명의 생활체육인들이 체계적인 지원을 받을 수 있게 되었다.

뿐만 아니라 지방자치 예산의 일정금액을 체육진흥기금 예산으로 전환하여 관내에 있는 각종 체육시설의 개보수는 물론 새로운 체육시설의 조성이 가능하게 되었다. 이렇게 조성된 대표적인 시설 가운데 하나가 무학동 체육관이며, 충무아트홀에 있는 체육시설을 포함한 관내 체육시설들이 지속적으로 살아남게 됐다.

▲〈생활체육 탁구대회 지역 주민과〉

조례왕, 공동주택을 공동주택답게

늘 궁금했다. 주택가 가로등은 지방자치단체가 설치하는데, 아파트단지의 가로등은 왜 입주민이 돈을 내 설치해야 하나? 또, 아파트 단지의 놀이터나 경로당도 입주민이 부담해 만들어야 하나? 공동주택 내에 있는 놀이터나 경로당은 아파트 입주민뿐 아니라 아파트 인근 주민들도 자주 이용하는데 왜 아파트 주민이 부담해야 하는가?

아파트단지 등 공동주택의 보급이 늘어나면서, 이처럼 아파트 단지 안의 공공시설 설치비용에 대한 주민들의 반발이 적지 않다. 아파트 단지에는 적어도 수백 가구가 사는 것이 보통인데, 이들 주민을 위한 대부분의 공공시설은 고스란히 입주민이 부담해야 한다. 즉 공동주택 안에는 세금만 내지 아무 행위를 못 하게 돼 있다. 주택법43조에 그렇게 규정하고 있다.

그런데 어느 날 신문을 보다가

주택법43조 8항에 따라 이를 보완하는 조례를 만들 수 있도록 한 사실을 확인했다. 이것이 내가 공동주택지원조례를 발의하게 된 결정적인 근거이다. 그래서 확인해 보니 이미 지난 2003년 5월, 기존의 '주택건설촉진법'을 '주택법'으로 전면 개정, 20세대 이상의 공동주택 관리에 대한 조항들을 보완해 공동주택의 공공시설에 대해 해당 지방자치단체가 지원할 수 있도록 한 것을 확인할 수 있었다. 즉, 주택법 제43조 제8항 "지방자치단체의 장은 당해 조례로 정하는 바에 의하여 공동주택관리업무에 필요한 비용 일부를 지원할 수 있다" 규정에 따라 각 지방자치단체가 '공동주택지원조례'를 제정하여 그 세부시행방법을 조례에 명시하도록 한 것이다.

▲〈황학 중앙시장 민원현장〉

하지만, 2004년 우리 구의회에서 공동주택 지원조례를 발의할 당시만 해도 이 같은 조례를 만들어 시행하는 지자체는 그리 많지 않았다. 아파트 단지가 많이 들어선 서울에서도 25개 자치구 중 성동, 송파구 2개 구만 공동주택지원조례를 제정해서 지원을 하고 있고 금천, 관악구는 영세민 임대아파트에 한해서 전기료 감면과 같은 극히 일부분만 지원하고 있었다.

용산구의 경우는 조례제정 심의를 구 정책회의에서 논의하였으나 공동주택에 대한 재산세 감면이 구의회에서 의결됨에 따라서 공동주택에 대한 지원이 간접적으로 이루어지는 등 조례제정을 유보하고 있는 상태였다. 당시 조례를 시행하고 있는 송파 및 강동구청은 전체주택 중 공동주택이 55% 이상을 점유하고 있는데다 20년 이상 된 공동주택 단지가 많아 주요생활 기반시설이 공동주택 중심으로 형성된 곳이 많기 때문에 자치구에서 지원해야 할 명분이 있다는 게 지배적인 의견이었다.

그동안 주택에 대한 행정지원 서비스는 '단독주택'만을 대상으로 할 뿐, 공동주택 관리업무를 단순한 사유재산 관리로 취급하여 지원하지 않았다. 하지만, '조세형평주의'로 볼 때, 동일한 납세의무를 수행한 아파트 입주민들에게도 단독주택 주민들에게 제공되는 행정서비스와 동일한 성격의 행정지원이 이뤄져야 한다는 것이 내 생각이었다. '공동주택관리지원조례'는 이런 생각을 바탕으로, 공동주택 주민들에게도 주민의 권리를 찾아주기 위해 제정을 추진한 것이다.

그러나 당시 조례제정안에 대해서 구의 입장은 달랐다. 도심이기 때문에 공동주택 비율도 다른 구에 비해 상대적으로 낮을 뿐 아니라 시민아파트, 상가아파트, 영세민임대아파트 및 소형단지 아파트를 제외하면 지원대상인 100세대 이상 아파트 수는 고작 14%에 불과하고 이마저도 대부분 준공된 지 5년 이내 것들이라 지원사항이 많지 않다는 판단.

하지만 주택법이 시행된 뒤, 전국 자치단체의 약 20%인 40여 개 자치단체가 이 조례를 제정해 공동주택을 지원하고 있었다. 당시에 내가 발의한 조례안 제정이유는 간단하다. 아파트 단지 내에 설치된 도로, 하수도 등 공용시설물의 관리비용을 아파트 입주민이 전액 부담함으로써 일반 주택에 비해 상대적으로 불이익이 있었다. 따라서 공동주택거주자의 형평성을 고려해 2003년 5월 29일 개정된 주택법에 따라 공동주택의 관리에 필요한 비용의 지원 기준 및 방법을 정하려는 것이었다.

그럼에도 당시 구에서는 예산이 수반되는 사항이므로 주민의견을 수렴하는 입법예고가 필요하고 관련부서 의견 및 타구 사례 등을 면밀히 검토, 수립해서 우리 구 실정에 맞는 조례안을 만들어야 하므로 당분간 유보를 했으면 좋겠다는 의견을 내놓았다.

이는 조례안을 제출한 입장에서 정말 이해 안 가는 부분이었다. 법률적인 혹은 운영상 문제의 소지가 있다면 모를까 다른 구에서 하고 있지만 우리 구는 적용받을 곳이 별로 없다는 이유로 유보하는 것은 핑계에 불과하다고 생각할 수밖에 없었다. 혹 예산문제라 하더라도 명시한 것처럼 '지역 내에 5~6가지의 지원항목 가운데 고쳐야 할 부분이 있으면 예산의 범위 내에서 지원한다'는 내용이 있으므로 그에 따라 집행하면 된다. 굳이 유보해야 할 명분이 없는데도 줄다리기 끝에 결국 조례안은 유보되었다.

난 포기하지 않았다. 1년이 지나 임시회에서 그 안건을 재상정하였고 상황이 바뀌었다. 난 입에 침이 마르게 설명했다.

"아니, 개인주택에 대해서는 다 준설해 주고, 하수도가 고장나면 고치고, 가로수, 가로등도 다 하고 있는데 유독 공동주택만은 단지 내여서 안 된다는 거잖아요? 이렇게 불합리한 제도가 어디 있습니까, 과장님!"

"어라, 그러네요. 이거 주택법에도 부합하는데요."

"그렇죠?"

도시관리과장과 말이 통했다.

"네. 이미 다른 지자체 여러 곳에서 시행 중인 사안이라 조례 만드는 데 큰 문제 없을 것 같습니다."

"아, 좋습니다."

"참, 아예 이참에 어린이놀이터나 공원 등도 더 넣어서 유지, 보수할 수 있게 조항을 더 넣죠 뭐. 조 의원님은 위원회만 잘 설득해 주시면 될 듯합니다."

"감사합니다. 감사합니다."

그리고 얼마 후, 조례는 의회에서 통과됐다. 딱 1년 만이다.

조례왕, 노인을 위하여

//

초고령 사회로 접어든 한국, 수도 서울의 '최고령 마을'은 어디
일까. 서울시의 2013년 1분기 인구통계를 보면 중구 을지로동 일
대가 서울에서 노인 인구 비율이 가장 높은 것으로 나타났다.
을지로동만 해도 인구 2천여 명 중 20% 정도가 65세 이상 노인
이다. 을지로동은 을지로 3·4·5가 외에도 주교동, 방산동, 입정
동, 산림동, 초동, 저동 2가와 인현동 1가가 포함돼 있다. 을지로
동뿐만 아니라 중구는 서울시에서 노인인구 비율이 가장 높은
구이다. 중구의 노인인구는 어림잡아 1만 2,000명 정도로 전체

인구 대비 9.34% 정도로 아주 높은 편이다. 이는 그만큼 노인들을 위한 다양한 혜택과 복지 정책이 필요하다는 뜻이다.

노인복지는 모름지기 우리가 이렇게 잘살 수 있도록 지금껏 노력해 주신 어르신들을 공경하는 뜻에서도 매우 중요한 문제이다. 따라서 노인복지를 위한 장기적이고 안정적인 재원 확보와 운용은 절대적으로 필요하다. 지자체의 예산에 따라 그때그때 지원하는 방식은 분명한 한계가 있기 때문이다.

고령화 사회로 접어든다는 경고가 시작되던 2000년 초반, 난 재원마련이 시급함을 절감하고 바로 노인복지기금 조례안을 준비하기 시작했다. 노인의 자립기반 조성과 육성을 위해 기금을 설치하고 이를 효율적으로 관리·운용하는 내용이다. 당시 내 생각에는 100억 규모의 재원을 마련한다면 그 이자수익만으로도 기금을 안정적으로 운용할 수 있겠다는 판단이 들었다. 재원은 중구의 일반회계 출연금이나 지원기관, 단체 또는 독지가가 기탁한 성금 등으로 충당하며 조성된 기금은 대한노인회 중구지회 육성, 노인교육 및 노인교실 운영, 전통문화의 선양, 노인문제 상담·연구 및 고령자 취업알선, 사회봉사활동 참여 및 육성, 노인 건강 및 취미 활동 지원 및 노인복리증진 등의 목적에 맞게 사용하도록 했다.

놓치지 말아야 할 것이 또 있다. 우리 중구의 42개 노인정의 회원수가 2148명인데 이는 중구 전체 노인 인구 1만 2천 명의 약 20%에 해당한다. 전체는 아니더라도 최소한 50% 이상의 노인들에게 혜택이 갈 수 있어야 하므로 고루 누릴 수 있는 정책 또한 필요했다.

노인들의 복지증진을 위해서는 다양한 정책도 필요했다. 대표적으로 노인들을 위한 각종 시설의 조성 및 운영을 들 수 있다. 종합복지센터 내에 노인회관을 설치하고, 경로당을 더 짓고, 기존 경로당은 시설을 더 현대화해 불편함이 없도록 하는 것 등이다. 또 가까운 어린이공원을 경로당이 위탁 관리하게 해 어르신들에게 소일거리를 제공하는 것 역시 이에 포함됐다.

노인들이 건강한 삶을 살고 지역사회 발전에도 참여하는 기회를 마련하는 것도 적극적인 의미의 노인복지다. 이를 위해 학교 사랑 어린이순찰대, 어린이집 할머니도우미, 우리동네 꽃가꾸기 사업 등 다양한 노인 일자리를 만들고 적극적으로 참여할 수 있는 기회를 제공하는 것이 필요하다.

또한 저소득 노인이나 몸이 불편한 노인들을 위한 예산도 마련되어야 한다. 먼저 저소득 노인을 위한 경로연금의 경우, 그 대상은 국민기초생활보장법상 65세 이상 노인과 대통령령으로 정한 기준 이하의 일반 저소득 노인이다. 수급 노인 65세 이상은 1인 월 4만 5,000원이고 80세 이상은 월 5만 원이 지급된다. 아울러 일반 소득 노인은 월 3만 5,000원이 지급된다.

챙겨야 할 것은 더 있다. 노인문제 상담, 재가노인복지사업, 사회교육사업, 기능회복사업, 노인정보화교육사업, 지역복지협동사업 등 노인들을 위한 교육 상담 지원이다. 이와 함께 노인질환을 케어해 주는 복지서비스도 늘려가야 한다. 신당노인주간보호센터처럼 뇌졸중 노인들의 심리적, 정서적 안정을 통해서 재활훈련 및 기능회복치료를 하고 여가활동과 집단활동을 통해 사회성을 증진시키는 일도 기본적인 노인건강 지원을 위해 필요한 영역이다.

노인복지기금은 조례를 만들고 나서 2005년까지 10억이 조성됐다. 이렇게 조성된 복지기금으로 대한노인회 중구지회의 운영을 지원하고 재가노인세탁사업을 지원하는 등 노인복지 혜택을 늘려 가는 데 사용하고 있다. 물론 지역에 필요한 노인복지 사업 전반을 지원하기에는 부족한 재원이지만 점차 기금을 늘려간다면 다가오는 고령화 사회에 필요한 다양한 노인복지사업의 재원으로 충분한 활용가치가 있다고 판단된다.

사실 이기적인 목적도 있었다. 이 노인복지기금 조례안을 마련하면서 부모님 생각이 많이 났다. 일찍 돌아가신 부모님께 제대로 효도 한번 못 한 불효자의 아쉬운 마음을 담고 또 담았다. 지역에 계신 어르신들에게 대신(?) 드리고 싶은 마음이기도 하다. 그렇게 보면 모든 정책과 법은 결국 사람의 마음을 헤아리는 데

서 출발하는 것이 아닌가 하는 생각을 다시 하게 됐다. 다시 검
정가방을 들고 공사 중인 경로당 터 앞에 버젓이 섰다.

*"아버지! 애써서 하나 만들고 있는데… 저 경로당에라도 한번
놀러 오시죠… 잘 계시죠?"*

마른 눈에 눈물이 차더니 빈 하늘에 아버지 얼굴이 가득했다.

조례왕, 오로지 주민을 위해

이제 중구에는 200여 개의 각종 조례가 있다. 모든 법과 제도가 그렇듯이 조례도 시대의 흐름과 변화, 구성원의 요구에 따라 개정하고 정비하여야 조례로서의 실효성을 갖게 된다. 때로는 조례와 연관된 상위법의 변화가 있을 수도 있고 운영하는 과정에서 불합리한 점이 발견될 수도 있기 때문에 정기적으로 이러한 변화와 요구를 반영하여 조례를 정비하는 것도 의회의 임무 가운데 하나이다.

중구 의회에서는 매년 현행 법령에 저촉되거나 불합리한 조례를 합리적으로 개선하고자 중구 의회 조례정비특별위원회를 구성, 운영한다. 2012년을 기준으로 중구 현행조례는 정확히 202건. 매년 새로 제정되거나 개정 또는 폐지되는 조례가 발생하게 마련이다. 이러한 조례들을 대상으로 전수 검토를 한 뒤 정비대상 조례에 대한 집행부의 의견 수렴과 입법자문위원 자문 및 의견청취 등을 거쳐 대대적인 조례 정비활동을 벌인다.

정비방향은 먼저 현행 법령에 저촉되거나 불합리한 조례, 행정여건의 변화 등 사실상 효력을 상실한 조례, 주민생활에 불편을

주거나 과도한 부담을 주는 조례를 정비하고 그 밖에 시책추진과 관련하여 미비한 조례를 개정한다. 정비기간은 의회에서 위원회를 거쳐 결정하며, 검토대상은 구에서 제정한 현행 조례 전체이고 그중 개정 및 새로 제정이 필요한 사항을 포함한다. 이를 위한 회의는 정례회 및 임시회 기간 중 특별위 활동을 원칙으로 하고 필요시 수시 개최한다.

특위활동범위는 상위 법령 및 서울시 조례에 위반되어서는 안 되며, 법령의 범위 내에서 구 사무에 관하여 조례를 제·개정하도록 하고 있다. 정비기준은 입법사항 미비, 현실 부적합 사항과 구민에게 과도한 부담 및 불편을 초래하는 사항, 상위 법령과 괴리되어 운영되고 있는 사항, 시와 자치구간 업무분담이 불분명한 사항, 남녀차별을 규정한 사항, 행정절차법령 등의 절차규정에 부적합한 사항, 조직개편에 따른 기구명칭 등이 미정비된 사항, 알기 쉬운 법령 기준에 미비한 사항 등이며, 이를 세밀히 검토하여 정비한다.

조례정비특별위원회에서는 보통 3개월간 총 20~30건의 조례를 정비한다. 일례로 지난 2012년 조례정비특별위원회에서 정비한 조례는 21건이며, 2004년에 내가 조례정비특별위원장을 맡을 당시 정비한 조례는 모두 39건이다. 3~4대 중구의회 의원 재직당시 노인복지기금조례, 공동주택지원조례, 생활체육기금조례, 생활체육인지원조례 등 지역에 필요한 다수의 조례를 제정했고, 2004년에는 조례정비특별위원회의 위원장으로 왕성한 조례정비활동을 해온 결과, '조례왕'이라는 별명을 얻기도 했다. 이후 조례 정비활동을 통해 지역주민의 삶의 질 향상과 중구발전을 위해 노력해 온 공로를 인정받아 2010년에는 언론사에서 선정한

▲ 〈2010 시민일보 제정 의정대상 수상〉

의정대상을 받기도 했다. 이러한 특위활동의 결과로 정비된 조례 21건은 다음과 같다.

- 서울특별시 중구 체육진흥기금 설치 및 운용조례
- 서울특별시 중구 공용·공공용의 청사시설 부지 매입 기금 설치 및 운용 조례
- 서울특별시 중구 중소기업 육성기금 설치 및 운용 조례
- 서울특별시 중구 노인복지기금 설치 및 운용 조례
- 서울특별시 중구 자활기금 설치 및 운용 조례

- 서울특별시 중구 환경미화원자녀학자금 대여기금 설치 및 운용 조례
- 서울특별시 중구 옥외광고정비기금 설치 및 운용 조례
- 서울특별시 중구 도로굴착복구기금 설치 및 운용 조례
- 서울특별시 중구 재난관리기금 운용·관리 조례
- 서울특별시 중구 식품진흥기금 조례

- 서울특별시 중구 여성발전기본 조례
- 서울특별시 중구 구립 사회복지시설 등 설치 및 위탁운영 조례
- 서울특별시 중구 다문화가족 지원 조례
- 서울특별시 중구 출산양육지원금 지급 조례
- 서울특별시 중구 영유아 보육 조례 일부개정조례안

- 서울특별시 중구 아동위원협의회 설치 및 운영 조례 등
- 서울특별시 중구 지역아동센터 운영 및 지원에 관한 조례 일부개정조례안
- 서울특별시 중구 청소년 통행금지·제한구역 지정 및 운영에 관한 조례 일부개정조례안
- 서울특별시 중구 구립 청소년복지시설 설치 및 운영에 관한 조례 일부개정조례안
- 서울특별시 중구 헌혈 및 장기기증등록 장려에 관한 조례 일부 개정조례안

- 서울특별시 중구 통·반 설치 조례 일부개정조례안

그 밖에 '의거'를 '따라'로, '장애인'을 '중구에 거주하는 장애인'으로 하는 등 구민들이 더욱 알기 쉽게 개정하였다. 이처럼 조례의 개정은 시대의 상황과 요구를 반영하고 법조문의 이해를 높여 누구나 쉽게 이해하고 조례에 의한 혜택을 받을 수 있도록 하자는 취지로 이루어지는 긍정적이고 의미 있는 활동으로 조례를 살아있는 법으로 만드는 데 기여하는 것이다. 따라서 조례의 제정과 함께 개정 활동은 상위법과의 관계성 여부 및 주민의 편의성을 높이는 방향으로 구민들을 위해 지속적인 관심과 개선의 노력을 기울여야 하는 분야다.

보조금을 보조하라

모든 행정은 쌍방향이다. 중앙정부와 지자체 간의 관계는 물론 지자체와 지역 주민들과의 관계가 만나는 지점에서 행정이 이루어진다. 즉 일방적으로 주거나 받기만 하는 관계가 아니라 불편한 사항을 개선하려는 의지와 그러한 불편을 개선하려는 요청이 만나서 합리적으로 문제를 풀어가는 과정이 행정을 효율적으로 만들어주며 그럴 때 만족도도 높아지는 것이다.

지자체의 예산 가운데 사회단체보조금이라는 것이 있다. 이는 지자체 안에서 공익활동을 통해 지역사회에 봉사하고 주민의 삶의 질을 향상하는 데 공헌하고 있는 사회단체에 지원하는 예산을 말한다. 지자체는 지역 사회단체의 건전한 활동을 지원하고 시정과 사회단체 간의 협력체제 구축을 통해 지역사회가 성장할 수 있도록 이들 단체에 사업보조금을 지급한다. 중구에는 현재 50개에 가까운 시민사회단체들이 활동을 하고 있다. 지난 2010년 모두 47개의 사회단체에 5억 3250만 원의 보조금을 지원했다.

7~8년 전에 비해 두 배 가까운 예산이 사회단체 보조금으로

지급되고 있는 셈이다. 다시 말해서 7~8년 사이에 각종 공익활동을 하는 사회단체가 늘어났고 이에 대한 지원의 필요성도 커졌다는 의미이기도 하다. 이에 따라 의회에서도 매년 예산을 편성할 때마다 이들 단체에 대한 지원금을 배분하는 데 어려움을 겪고 있다. 예산은 한정되어 있고 지원할 단체는 늘어나니 당연한 일이다.

이렇게 지원되는 공익활동은 크게 두 가지로 나뉜다. 서민경제 활성화, 관광진흥, 전통문화·예술진흥, 문화유산 보존, 생활공간 문화화 등을 포함한 구정 주요시책 사업이 첫 번째이고, 시민의식 선진화 실천 운동, 새주소 사용, 승용차 요일제 확산과 정착, 대중교통 이용 등 선진시민의식 고취와 관련된 활동이 두 번째이다.

그 세부적 활동은,

▲온실가스 저감운동, 자원재활용, 음식물쓰레기 줄이기, 폐전지 모으기 등 환경보호를 위한 저탄소 녹색성장 사업

▲학교폭력·성폭력 추방, 소비절약운동, 예절 바른 생활, 청소년선도, 도덕성 회복, 독서문화운동, 사회문화 활동 등 건강한 지역사회 만들기 관련 사업

▲보육, 아동, 청소년, 노인, 여성, 장애인 돕기, 양성평등문화, 저출산 극복, 다문화가정보호, 저소득층 지원 등 자원봉사 활동을 통한 따뜻한 사회 만들기 등 각종 공익사업이 포함된다.

지원 대상은 중구에 있는 비영리 공익단체 중 최근 1년 이상 공익활동 실적이 있는 단체로 법령 또는 조례에 지원 규정이 있는 경우와 중구가 권장하는 사업으로서 보조금을 지출하지 아니하면 그 사업을 수행할 수 없는 경우까지 해당한다. 보조금은 단체의 특성에 따라 일시 또는 분기별로 지급하며, 해당 단체는 사업에 대한 자체 평가를 실시하고 사업완료 시 사업보고서, 보조금 집행 세부내역(정산서) 등을 제출해야 한다.

그런데 지자체마다 늘 지적되는 사항이 사업비, 즉 사회단체 보조금의 정산문제이다. 단체의 규모나 사업의 경중, 그리고 단체의 성과와 공헌 정도에 따라 예산에 차등을 두는 것은 매우 까다롭고 어려운 일이다. 문제는 이렇게 해서 지급된 예산을 지

침에 맞게 사용하고 그 결과를 정확하게 정리해서 보고함이 기본인데 이를 지키지 않는다면, 즉 돈만 받고 정산조차 제대로 못 하는 단체라면 다음 해에 불이익이 가야 하는 것은 당연한 일이다.

나랏돈, 즉 우리 지방자치단체 예산은 국민 즉 구민의 세금으로 이루어진다. 따라서 투명하게 사용하고 그 결과를 정확하게 보고하는 것은 단체들이 지켜야 하는 기본 중에 기본이다. 따라서 정산을 명확하게 하지 못하는 단체는 예산 자체를 지급하면 안 되는 것이다. 이는 세금을 내준 구민에 대한 약속이기도 하다. 당초 단체들에도 지급되는 돈의 성격과 사용지침, 정산기준 등을 제대로 안내해야 함은 물론이다.

보조금을 지급하는 시기 역시 대단히 중요하다. 필요할 때 줘야 한다. 해당단체의 사업시기와 상관없이 행정상 편의에 맞춰 줘버리는 등 임의집행 사례가 적지 않았다. 이는 보조금을 받는 쪽에도 문제가 되고 집행하는 행정의 과정에도 문제를 일으켜 투명성을 해치는 요인이 된다. 반드시 합리적으로 개선되어야 하는 대목이다.

단체 선정 과정 역시 투명해야 한다. 물론 사람이 하는 일이기 때문에 단체장이 누구냐 또는 단체의 영향력이 어떤가에 따라

결정되는 경우가 있는 것
도 사실이다. 하지만 어느
경우에도 중구구민을 위
한 진정한 일, 진정한 단
체를 가려내는 공정의 원
칙을 지켜야 한다. 누가
보더라도 '입김이 센 곳이
라 돈이 더 간다' 이런 말
이 안 나와야 한다.

　보조금은 카드로 지급
되므로 투명성을 담보하
는 첫 번째 장치는 마련되어 있는 셈이다. 따라서 그 단체에 정
확한 지침을 마련해 주고 필요하다면 정산과 관련한 교육을 실
시해서라도 잘 쓸 수 있도록 지도, 감독하는 것이 행정의 임무이
다. 향후에 이런 지적사항이 없게 하기 위해서는 원칙에 따라 투
명해야 하고, 투명하려면 제도적 장치를 마련해야 한다.

　또한 감사에서 종종 지적되는 대목인데, 정산 기한을 지나서
보조금을 사용하는 경우도 있다. 이건 돈을 내준 구청에서도 자
유로울 수 없는 문제이다. 회계연도라는 것이 있으면 당연히 보
조금 예산도 그 기준에 맞추어 정산을 완료해야 한다. 그런데 이
를 지도감독하지 못한다면 그 책임은 단체에도 있지만 행정 자

체에도 있는 것이다. 특히 보조금 예산을 많이 쓰고 있는 과는 담당 직원이 전문적으로 챙겨야 하고 회계담당 직원이 없으면 채용해서라도 문제가 없도록 해야 한다. 이야말로 보조금을 제대로 보조해야 하지 않겠는가. 다시 강조하지만 보조금은 구민의 세금이기 때문이며 보조금을 지급한 단체는 세금을 투명하게 쓰고 잘 정산할 의무가 있기 때문이다.

▲ 〈희망온돌 겨울나기 모금방송 동참〉

주차전쟁에서 이기다

모든 일에는 골든타임이라는 것이 있다. 최근 30대 엄마와 어린 세 자녀의 목숨을 앗아 간 부산 북구 화명동 아파트 화재 사고가 '골든타임'을 놓쳐 희생이 커졌다는 보도가 나왔다.

골든타임이란 화재 발생 시 초기 진압 및 응급환자 구조에 필요한 최소한의 시간을 의미하는 용어로 화재 또는 사고 발생 후 최초 4~6분을 가리킨다. 특히 화재의 경우 불이 나고 5분 안에 도착해야 주변 건물로 불이 번지는 것을 막을 수 있고 인명피해를 최소화할 수 있다고 한다.

골든타임을 놓친 가장 큰 이유는 아파트 입구 2차로 도로의 불법 주정차 차량들 때문이었는데 이 차들은 다름 아닌 아파트 주민들의 차로 밝혀졌다. 주차공간이 부족한 주민들이 습관적으로 진입로에 주차한 게 원인이 됐다. 안타깝다.

이처럼 주차문제는 지역에서도 매우 심각한 문제로 대두되고 있다. 주차문제로 이웃 간에 언성을 높이는 일이 비일비재하며 심지어 감정이 격해져 이웃끼리 죽이는 사망사고마저 종종 발생한다. 그야말로 주차전쟁이라는 말이 딱 맞는 형국인데 이를 양보와 배려심을 잃어버린 개개인의 탓으로만 돌릴 수도 없다.

특히 신당동을 비롯한 우리 중구 내의 구도심 지역은 주차공간이 확보되지 않은 채 주거 공간과 길이 만들어진 곳이라 더욱 심각하다. 내가 살고 있는 신당 6동 역시 마찬가지. 정신이 버쩍 들었다. 당장 대안이 필요했다. 심각하다고 느낀 난 초선 때부터 골목을 뒤지고 다녔고 며칠 만에 동네에 있는 3층짜리 연립주택 두 동을 찾아냈다. 최적지였다. 공영주차장으로 탈바꿈시킬 안을 바로 냈다.

출발은 순조로웠다. 당시는 재개발에 관한 보상제도가 지금과 달라 집을 가지고 있는 사람에게만 아파트 입주권을 보상했다. 따라서 당시 연립주택 30세대에게 최하 오천만 원에 해당하는 채권 또는 보상금이 주어졌다. 당시 규모로 120여 대, 예산만 100억 규모의, 중구에서 가장 큰 공영주차장 건립은 이렇게 착착 진행됐다.

그러나 완공을 코앞에 두고 턱에 걸렸다. 주차비 문제였다. 주민들이 주차할 공간이므로 최소한의 비용으로 이용할 수 있도록 해야 했다. 그런데 법규에 따르면 주차장 종류에 따라 갑지와 을지로 나누어 주차비를 차등 부과하도록 되어 있었다. 동네 안쪽이어서 을지에 해당하는 주차비로 잡고 손익계산을 아무리 두드려 봐도 월 주차비 12만 원은 받아야 하는 결론이 나온 것이다.

서민 입장에서 매월 주차비로만 12만 원을 내야 한다면 당연히 부담이다. 이 문제를 해결해야 했다. 하고 싶었다. 며칠을 꿍꿍 앓듯 고심했는데 역시 등잔 밑이 어두웠다. 해결방안을 성곽 밑에 있는 공영주차장에서 찾아냈다. 즉시 담당과장을 만났다.

"과장님, 생각해 보세요. 아무리 '을지'로 분류되었다고 해도 이 꼭대기 주차장에 어떻게 월주차비를 12만 원씩 받겠습니까? 말도 안 되지요? 내 생각에는 신당6동 공영주차장도 월 6만 원이 딱 좋은데…"
"아이고, 의원님. 이러시면 곤란합니다 정말."
"어쨌든 신당동에서 12만 원은 비싸지, 그렇죠? 암, 비싸고말고."

짐짓 눙치고 들어가는 내게 과장은 원망의 눈초리를 굳이 숨기지 않았다.

"아이고 의원님 이제 좀 그만하시죠. 제 마음대로 할 수도 없는 건데요."
"나라에서 주민들을 도와야지, 장사해서 돈 벌려고 하면 안 되겠죠?"
"그야 저도 알죠…"
"차 댈 데 없는 사람 차 대게 해줍시다. 그냥 시원하게!"

내가 누구더냐. 자타가 공인하는 조례왕 아니더냐. 난 만날 때마다 같은 말을 꺼냈다.

"어쨌든 신당동에서 12만 원은 비싸지, 그렇죠? 암, 비싸고 말고."

"와, 의원님 정말…"

"설마 구청이 주민 상대로 돈 벌려고 하시는 건 아니겠죠, 과장님?"

"와, 알겠습니다. 알겠어요, 의원님. 신당 6동 공영주차장은 6만으로 할 테니까요, 알았습니다. 대신에!"

"대신에 뭐요?"

"내일부터는 저 따라다니지 말아주십시오. 부탁입니다."

▲ 성동기계공고 공영주차장 현장방문

　이럴 때마다 난 피가 거꾸로 솟는 게 아니라 제대로 솟아올랐다. 결국 주차비는 6만 원으로 결정되었다. 15년이 지난 지금도 신당6동의 정기주차비용은 여전히 월 6만 원이다. 그곳에서 불과 100m도 떨어지지 않은 신당동 로터리 주차장은 월 23만 원에서 25만 원의 주차비를 낸다. 이런 날은 집에 가서 혼자 웃는 날이다. 웃다가 문득 이런 생각이 들었다. 지방자치시대의 행정은 누가 뭐래도 주민이 중심이다. 누가 더 촘촘하게 지역의 현실을 들여다보느냐에서 승부가 결정된다. 따라서 난 적어도 이건 이긴 셈이다.

　내 몸이 조금 고달파도 현장을 발로 뛰고 여론을 직접 들어 걸맞는 대안을 내려고 노력하는 사람, 지역의 사정을 누구보다 잘 알며 정책의 혜택이 누구에게 돌아가는가를 염두에 두고 정책을 수립하는 사람, 지역에 같이 살면서 어려운 이들의 가려운 곳을 충분히 오랫동안 긁어줄 수 있는 사람, 문제가 생기면 되든 말든 먼저 움직이는 게 습관인 사람, 누군가의 문제를 해결할 때 큰 보람을 느끼고 이를 천직으로 여기는 사람.

난 기어이 그런 사람이 되고 말 것이다. 조금만 더 가자, 영훈아!

우리는 주민특공대

　2012년 일이다. 그간의 경험으로 터득해 놓은 것이 있다. 전년보다 예산을 삭감할 일이 있을 경우, 집행부 동의 아래 다른 항목으로 미리 편성해 놓아야 다음 해 집행에 차질이 덜하다는 사실. 난 곧 우리 구 문화원에 대해 깊은 고심에 들어갔다. 문화는한 사회를 가름하는 중요한 척도이다. 특히 중구는 다른 지역에비해 도심 중앙에 위치해 있으면서 다양한 사적과 유, 무형의 문화유산을 가지고 있는 곳이고, 최근 들어선 외국인 관광객들의왕래도 빈번해 문화원의 역할은 더욱 중요해졌다.

특히 문화원은 구의 특성과 지역주민의 정서생활에 맞는 각종 문화사업을 개발·보급해 구민의 문화수요를 충족하는 문화지원사업의 본부 격이다. 주요사업으로는 문화교육사업, 지역문화사업, 문예지 발간 등 교육 및 발간사업과 각종 문화행사 개최 등 문화사업으로 나뉜다. 중구 문화원은 문화재탐방교실 및 문화교실을 연중 운영하고 4월부터 12월까지는 청계천예술제, 금요정오음악회, 미술인작품전, 사진대전, 청계천에 거북선 띄우기 행사 등을 치러낸다. 그리고 10월부터 12월까지는 문예지발간 및 향토사연구 사업을 운영하는 등 연중 숨 가쁘게 돌아간다. 이렇게 만들어진 문예지는 전국 문화원에 배포돼 우리 중구의 문화를 알리는 홍보대사 역할을 한다. 마찬가지로 전국 문화원들 역시 매년 소개책자를 발행해 전국에 배포한다.

▲ 제24회 서울 중구 사진 공모전

문제는 여기에서 비롯된다. 우리 중구 문화원은 을지로 3가에 있는 한화빌딩에 있다. 이 빌딩은 당시 도심 재개발로 지은 것인데 중구청이 소공동에 사무소를 가지고 있을 때 재개발의 지분으로 받아 빌딩 내에 문화원을 두게 되었다. 그런데 전국 230여 개 지방자치단체가 지역문화와 체육활동을 주도적으로 운영하기 위해 독립 건물에 적정한 규모와 시설을 갖추고 있는 반면 우리 중구문화원은 위치나 면적이 너무도 협소하고 초라했다. 심지어 위에서 언급한 소개책자 230여 권을 진열할 공간마저 부족하다 보니 문화강좌도 제대로 열지 못했다. 한때 문화원의 이사도 역임했고 문화해설사를 맡고 있는 나로서는 더욱 안타까웠다. 그도 그럴 것이, 전부터 난 이미 중구문화원에 대한 청사진을 그려놓은 게 있었기 때문이다. 지하에는 장구 소리, 북소리 등 각종 문화 예술 공연장이나 연습실을 두되 소리가 밖으로 새나가지 않게 해야 하고, 각 층별 필요시설을 알맞게 배치하는 것 또한 필요했다. 특히 현재 문화원이 불편을 겪고 있는 도서전시 공간을 충분히 확보해 부산관, 광주관 등 지역별로 적절히 배치하는 것 등이다.

예를 들어 포항을 여행하려고 계획 중인 사람이라면 포항관에만 들르면 최상의 여행코스와 지역문화탐방 등 최적의 경험 시뮬레이션을 원스톱one stop으로 안내받을 수 있게 하는 것이다.

어쨌든 주저앉을 수만은 없는 법. 난 다시 희망을 뒤지고 나섰다. 뒤지는 자 복 있다고 했던가. 예산을 다시 훑어보다가 작년에 중구의 설계 예산으로 1억을 미리 편성해 놓은 게 눈에 딱 들어왔다. 가만 있자… 그렇다면 설계비로 3억 정도 들어간다고 해도 이 정도 예산확보면 승낙받은 거나 마찬가지라는 얘긴데…. 김장환 문화원장님을 찾았다. 원장님은 문화원 초대 의장을 역임했을 뿐 아니라 연세가 80을 훌쩍 넘었는데도 늘 열정적으로 일하시는 분이라 만날 때마다 문화원 건립을 건의하곤 했었다. 무엇보다 이런 분이 문화원장으로 재직 중일 때가 제대로 된 문화원을 지을 적기라고 생각했던 터라 다음 선거 때 이를 공약으로 내세우라고 권유까지 했던 터. 이분이라면 한화에 지금의 문화원 자리만 매각해도 충분히 새로운 문화원을 짓고도 남을 것이리라. 김 원장님과 같이 제대로 된 밑그림을 그려내야 했다.

"원장님 별일 없으시죠?"
"아이고 이게 누구야? 우리 아드님 오셨네, 어서 와 어서 와."

평소 부모님처럼 생각하고 가까이 지내서인지 원장님은 언제나 날 격의 없이 맞아주셨다. 자초지종을 설명한 난 도움을 청했다.
"이러니 우리 특공대가 또 출동 좀 해야겠습니다."
"어, 그럼 출동해야지."
"문화원 제대로 좀 세워야 하지 않겠습니까?"
"그럼 그럼. 당연히 그래야지. 뭐부터 해볼까?"
"원장님은 구청에 먼저 약속 잡고 들어가세요. 제가 부지를 알아보겠습니다."

"오케이."

큰소리는 뻥 쳤지만 은근히 걱정되는 구석도 있었다. 부지 확보 말이다. 하지만 별 수 있나, 나는 또 되든 말든 움직였다.

그렇게 며칠을 발로 뛰다 보니 눈에 들어오는 곳이 생겼다. 청구초등학교 앞 청구공영주차장이 적격이었다. 주차장 주변은 늘 불법주차 차들이 있게 마련이다. 이 수입은 별도의 세수로 잡혀 특별회계로 편성돼, 차에 관련된 곳에만 쓰면 아무런 문제가 없다. 게다가 법규를 자세히 살펴보니 5년 이상 주차장으로 사용된 경우에는 일반회계로 전용이 가능했다. 오케이, 오늘이 D-day렸다.

"원장님, 구청 들어가셨습니까?"

원장님은 일찌감치 구청에서 내 연락을 기다리고 있었다.

"원장님, 5년이 지나서 지금은 일반회계로 전용이 가능합니다! 부지가 나올 수 있겠는데요!"
"오케이, 내 바로 전화 줌세."

일이 손에 안 잡히고 애가 닳아빠질 때쯤, 전화벨이 울렸다. 구청장과 독대하고 나온 김 원장님이었다.

"어떻게 됐습니까?"

"안 됐습니다. 안 됐고…"

"아… 안 됐습니까?"

그런데 순간, 원장님의 목소리가 다시 올라갔다.

"하하, 절반은 안 됐고!"

"네?"

"절반은 됐습니다."

"아니, 그게…"

"조 의원님, 애쓰셨습니다. 구청장으로부터 반승낙을 받아냈습니다."

승전보였다. 나는 그날 밤 또 피가 솟아올랐다.

우리 중구 문화원은 지금 굳건히 그 자리를 지키고 있다.

쓰레기통 들고 다니실 겁니까?

　문화는 삶의 질을 가늠하는 척도다. 경제성장이 급속하게 이루어지면서 그간 먹고살기 바빴던 사람들이 삶의 여유를 누리는데에도 서서히 관심을 갖기 시작한다. 예전에야 구에서 청사와주민생활시설 등만 갖추는 데 머물렀지만 지금은 도서관, 문화센터, 예술회관 등 문화시설을 짓는 것이 기본이 돼버렸다. 그만큼 우리의 삶이 넉넉해지고 문화를 즐길 수 있는 경제적인 여유가 생겼다는 의미이다.

　중구에도 국립극장을 비롯한 대형문화시설들이 있다. 하지만주민 생활권 가까이에 중급규모의 문화시설은 생각보다 많지 않다. 충무아트홀은 그런 의미에서 중요한 의미를 가진다. 이러한문화시설들은 대개 해당자치구의 주민들이 이용하기도 하지만이곳에서 열리는 공연의 수준과 질에 따라 서울시민 전체가 그혜택을 누리기도 한다. 따라서 구의 문화자산이면서 동시에 서울시의 문화자산이기도 한 것이다.

　따라서 문화공간을 조성할 때 그 혜택 여부를 따져 필요한 예산을 공동으로 마련하는 것은 당연하다. 이는 충무아트홀을 조성하는 과정에서 내가 강조했던 원칙이기도 하다.

　지금의 충무아트홀 자리는 서울시 수도사업소의 부지인데 중구에서 300억 정도 지불하고 서울시로부터 매입했다. 하지만 나는 이것이 부당하다고 생각했다. 이는 마치 '큰집에서 작은집에 땅 팔아먹는 격'인데 다른 구는 그 과정에서 시비를 지원해 주었지만 중구만은 그렇지 않았기 때문이다. 시유재산을 매매하는 과정에서 시비를 지원한 11개 구의 사례현황을 준비해 시청에 들어갔다.

　"아니 시장님, 큰집에서 작은집에 땅을 팔아먹는 데가 어디 있습니까? 그리고 다른 구는 돈도 주고 땅도 주고 하는데 왜 우리 구는 땅만 팔아먹고 돈도 안 줍니까?"

　너스레를 떨었다. 시장은 고개를 끄덕였지만 호락호락하진 않았다.

　"하지만 해당 조례에 따라 지원하는 것이라 중구는 지원이 어렵습니다."
　"시장님! 시장님 본가는 종로에 있죠. 본가에서 주무시고 근무는 여기 중구에 와서 하시잖아요. 근무 중에 시장님이 휴지통에 휴지 버리고 가면 우리 중구청에서 치웁니다. 중구는 유달리 이런 유동인구가 많은 구예요. 그래서 예산이 더 많이 필요합니다. 시장님이 돈 안 주시면 앞으로 쓰레기통을 따로 가지고 다니셔야 합니다."

시장 입에 빙그레 미소가 돌더니 그 자리에서 바로 문화관광국장에게 긍정적으로 검토해 볼 것을 지시했다. 나는 거기에 또 숟가락을 얹어 100억 원 규모 지원을 요청했지만 그것은 끝내 받아들여지지 않았다. 하지만 최종적으로 문화체육시설 조성 예산으로 시에서 20억을 내고 정부의 주무부서인 문화체육관광부에서 20억을 내서 국비와 시비를 50대 50 매칭으로 받아냈다.

▲ 〈제119회 임시회 본회의(충무아트홀 시찰)〉

충무아트홀은 본디 중부 체육문화센터를 짓는 사업이었다. 하지만 당시 구청장이 문화공간에 대한 외국사례를 벤치마킹하자고 해 구청 건축과 실무자, 체육계장을 포함하고 의회 행정복지위원 등으로 팀을 꾸렸다. 일본 동경, 독일 프랑크푸르트 등의 유사사례를 견학했는데 여정을 마치기도 전에 의견은 자연스레 한군데로 모아졌다. 문화체육 복합시설로 방향을 틀고 시설 규모도 늘려 잡았다. 재미있는 일은 프랑크푸르트에서 일어났다. 어느 수영장을 방문해 둘러보고 있는데 큰 상자가 수영장 안까지 들어와 어슬렁거리기 시작했다. 저게 뭐지…

"어, 어, 저기 저기, 불났나보네!"
"어디, 어디?"

주변이 물 천지인데도 불은 무서웠는지 우린 모두 혼비백산한 채로 사람들이 가리키는 곳을 쳐다봤다. 아까 봤던 그 이상한 물건의 문이 열리면서 연기에 휩싸인 채 사람들이 막 달려 나오는 게 아닌가. 우리는 깜짝 놀라 다가갔는데, 다행히 불난 게 아니었다. 알고 보니 그 커다란 박스는 자체로 컨테이너를 개조해 만든 바퀴 달린 사우나였던 것. 이를 알게 된 순간, 우리는 누가 먼저랄 것도 없이 서로를 쳐다봤다. 한국에 돌아오는 길로 담당자를 만나 독일의 그 이동식 사우나를 모델로 제안했다.

"이거 우리도 이런 사우나 꼭 있어야겠습니다."

"모델이 없는데 사진만 보고 어떻게 그걸 만듭니까? 더구나 움직이는 걸…"

"좋소. 움직이는 게 힘들면 고정식이라도 만듭시다. 이건 양보 못 합니다."

결국 사우나실은 포함됐고 지금도 수영하는 분들뿐 아니라 헬스운동하는 주민들에게 매우 인기가 높다. 이렇게 하드웨어가 갖춰진 충무아트홀은 운영 측면에서도 혁신이 필요했다. 사장을 외부에서 영입해 서울시 4대 공연장과 어깨를 나란히 하자는 데 의견이 모아졌다. 그래서 정치적 고려 없이 사장을 공개모집해 성남아트홀 사장, 세종문화회관 관장, 예술의전당 사장을 역임한 분을 영입했다. 또한 충무아트홀 조례를 통해 사장제도를 별도로 두어 재량껏 공연을 유치할 수 있도록 했다. 그 결과 충무아트홀은 활발한 운영으로 독립성을 확보하며 문화예술의 새로운 메카로 자리 잡았다.

지금도 여기 사우나실에 앉으면 그때 들렀던 독일의 프랑크푸르트 사우나가 떠오르며 마음이 한결 훈훈해진다.

"어흐, 시원타!"

가장 돈이 없을 때

"10년 후에 뭘 먹고 살지 생각하면 잠을 잘 수 없다." 이건희 회장의 말이지만 이 문제는 비단 삼성에 국한되지 않는다. 직장에 다니는 평범한 가장도, 구멍가게 상인들에게도, 이제 막 사회에 나가는 청년들에게도 똑같이 중요한 질문이다. 하물며 국가나 도, 시 등 지자체는 어떻겠는가.

우리 중구만 놓고 봐도 가장 현실적인 문제이다. 지금 추세대로면 10여 년 후 중구의 재원은 1~2%대로 떨어질 수도 있다. 서울의 타 자치구와 비교하면 더욱 비관적이다. 면적과 상주인구는 최하위고, 기본 자산도 극히 적은 데다 개발에 따른 재산가치의 상승도 기대하기 어려운 조건이다. 게다가 구도심

이 대부분을 차지하고 있어 재개발을 위해 막대한 규모의 예산이 필요한데 그에 따른 재원 마련은 불투명한 상황이다.

그래서 10년 후를 생각하면 온몸에 식은땀이 흐른다. 이러한 재정악화는 이미 오래전부터 예견된 것으로 나는 2005년부터 중구의회가 열릴 때마다 이에 대비한 세수 확보 및 재정건전화를 위한 대책마련을 촉구한 바 있다. 일례로 중구의 2011년도 국세가 13조 7,200억 원, 서울시세가 1조 110억 원인데 비해 구세는 고작 1,100억 원 규모. 이는 우리 구가 수행하고 있는 국가적 업무와 서울시 업무의 비중에만 비춰 봐도 매우 불합리한 조건이다.

같은 해 중구의 총예산은 기타수입을 포함해 약 2,567억 원인데, 구에서 거둬들인 세금의 많은 부분을 국가나 서울시에 내주고 있다. 이에 반해 국가와 시로부터 받는 재정 보조금은 국비와 시비를 합쳐도 500억이 겨우 넘는 정도다. 사정이 이렇다 보니 당장 필요하고 시급한 중점사업들마저 추진되지 못한 채 표류하고 있다. 또한 중구 총예산 중 30%가 넘는 8백억여 원을 인건비가 차지하는 바람에 경상경비 지출을 제외하면 실제 가용재원은 전체 예산의 4%도 채 안 되는 100억 원 미만이다. 더욱이 오세훈 시장이 무상급식을 포함한 복지문제를 시민투표에 부쳤고, 결국 시민들은 복지를 선택해 무상복지는 합법이 돼버렸다. 다시 말해 월급 주고 경상비에 복지비용 쓰고 나면 구청장이 중구를 위해 쓸 수 있는 돈은 100억이 채 안 된다.

한마디로 위기다. 이를 극복하려면 우리 중구의 특수한 환경으로 인한 재정부담을 국가나 서울시에서 덜게 할 특단의 조치가 필요한데 중구는 당장 예산이 넉넉한 편이라고 방심하는 듯 보인다. 하지만 예산은 한 해 두 해가 다르게 줄고 있어 시간이 지날수록 악화될 것은 불 보듯 뻔하다.

어렵게 살다 부자가 되면 생활이나 마음에 여유가 생긴다. 하지만 부유하게 살다가 갑자기 어려워지면 기존의 씀씀이를 줄이기 힘들어 큰 고통을 느끼게 마련이다. 지금 중구가 딱 그렇다. 수입은 줄고 있는데 써야 할 씀씀이는 예전과 다르지 않다. 이런 상황에서 일선행정의 어려움도 이해가 되지만 의회 역시 예산을 편성할 때마다 괴롭기는 마찬가지. 이제 더 이상 중구의 악화된 재정위기를 방치할 수는 없다. 이미 인천, 성남 등 파산을 선언한 지자체가 하나둘씩 나오고 있다. 중구 역시 얼마 후면 공무원 인건비도 못 주는 초유의 사태가 일어날 수 있다. 그때 가서 후회해 봐야 때는 늦다.

"사랑하는 여러분! 여러분은 정년퇴직 후 '어디서 무슨 일을 했습니까?'라고 누가 묻는다면 '중구청에서 근무하다 정년퇴직했습니다'라고 자신 있게 이야기할 수 있습니까?"
"중구청에 계실 때 무슨 일을 어떻게 했는지 물으면 그냥 주어진 일하다 월급만 받고 지내다 퇴직했다고 말하고 싶습니까, 아니면 재정위기에 놓였을 때 다양한 정책도 내고 서울시와 협의해 재정위기를 극복하는 데 기여했다고 자신 있게 얘기하고 싶습니까? 선택은 여러분의 몫입니다."

"중구는 10년 뒤를 위해 무슨 구체적인 준비를 하고 있습니까?"

내가 누누이 한 말이기도 하지만 이 질문에 자신 있게 대답할 수 없다면, 지금 중구의 미래를 위해 원점에서 다시 시작해야 한다. 함께 머리를 맞대고 긴 호흡으로 미래를 준비한다면 얼마든지 희망은 있다. 늦었다고 생각할 때가 가장 빠른 때이다. 다만 우리 구민, 기업, 중구 공직자가 생각을 바꾸고 혁신을 위해 노력하는 것이 전제돼야 한다. 세상은 변하고, 변화는 불확실하다. 불확실한 상황은 분명 위기이다. 그러나 한편 위기는 기회다. 가장 돈이 많은 때에 돈 없을 때를 준비해야 하며, 가장 돈이 없을 때 가장 많은 돈을 벌 수 있기 때문이다.

"그래, 난 아직 초선이야"

중구청에서 신당6동에 있는 2층 건물을 매입해 재활용센터를 열었다. 거기까진 좋았다. 그런데 날이 갈수록 골목에 망가진 냉장고나 텔레비전, 부서진 가구나 가전제품들이 너저분하게 늘어져 있어 통행에 불편을 주더니 급기야 오가는 이들이 짜증을 내기 시작했다. 그들 눈엔 센터가 여간 거슬리는 게 아니었다.

당연히 주민 불평도 높아졌다. 소식을 들은 난 한걸음에 현장에 가봤는데, 위치부터 잘못됐음을 단박에 알 수 있었다. 하지만 일단 며칠 더 지켜보기로 한 나는 다음 날부터 출근하다시피 센터를 찾았고 그 주변도 아울러 탐색하기 시작했다. 마침 바로 옆 청구초등학교 앞에 공영주차장이 막 올라가고 있을 때였다.

공영주차장이라… 왠지 구미가 당겼다. 관련 법규를 들춰본 난 구청으로 내달렸다.

"구청장님, 신당6동에 재활용센터가 있는 건 아시죠. 그게 신당6동 재활용센터입니까, 중구의 재활용센터입니까?"

"당연히 중구 재활용센터입니다."

"그렇다면 모두가 접근하기 편리한 곳에 있는 게 마땅하지 않

습니까? 지금 위치는 좁은 골목 안이라 차량도 주민들도 불편이 크다는 사실, 아시겠네요."

"예, 들었습니다. 안 그래도 고민이 좀 있습니다."

"그렇다면 당장 옮겨 주셔야지요."

"하지만 옮길 데가 마땅치 않습니다."

이 정도면 입질이 들어온 거나 마찬가지. 내 얼굴에 회심의 미소가 돌았다.

"그 근처에 공영주차장 짓고 있는 건 아시죠?"

"청구초등학교 앞 말씀이십니까? 그야 알고 있죠. 하지만 거긴 말 그대로 공영주차장 아닙니까?"

▲ 〈중구 재활용센터〉

"구청장님, 공영주차장이라고 100% 주차장으로만 쓰란 법 있습니까."

"네? 무슨 말씀이신지… 공영주차장이야 말 그대로 주차장 아닙…?"

"네! 그 공영주차장 말씀입니다, 30% 내에서 다른 용도로 사용 가능한 거 아실 테죠?"

"네?"

재활용센터는 바로 옮겨졌다. 그렇게 청구동으로 옮겨진 중구 재활용센터는 지금까지 제 몫을 톡톡히 해내고 있을 뿐더러 이전한 곳이 큰길가라 전보다 더 활성화되고 적정한 수입까지 올린다니 일거양득이 된 셈이다.

이제 남은 것은 신당6동의 원래 자리를 주민 편익을 위해 활용하는 방안. 고심 끝에 지역특성을 살리면서 주민 모두가 이용하는 시설로 한다는 원칙을 세웠다. 도서관 겸 지역 주민을 위한 학습공간으로 조성하기로 했다. 지역주민을 위한 마을문고를 만들어 누구라도 이용할 수 있도록 했고, 2층에서는 한문 등 교양 강좌를 열어 명실공히 가르치고 배우는 곳으로 탈바꿈시켰다. 고장 난 물건들이 나뒹굴던 곳에 책이 꽂혔다.

이를 지켜보던 주민들의 칭찬이 이어졌다. 구의원의 노력으로

생활이 편리해지고 동네가 달라진 느낌이라는 등의 말씀들이 들어오니 나름 자부심도 생기고 보람도 느꼈다. 내가 막 초선의원이 된 무렵의 일이다.

비슷한 사례가 또 있다. 신당6동 동사무소는 지역에 연립주택을 지으면서 같이 지어진 건물인데 이 연립주택이 아파트로 재건축되면서 덩달아 재건축 대상에 포함됐다. 당시 재건축추진위원회에서는 45평씩 5층 건물 설계도를 제시했다. 전에야 동사무소지만 지금은 그야말로 주민센터다. 달라진 이름만큼 멋있어져야 했다. 난 부리나케 현장을 찾아 조합장을 설득했다.

"딱 3층만 지읍시다. 대신 각 층 면적은 80평으로, 지하는 200평으로 늘려서 어떤 행사든 마음대로 치를 수 있도록요."

"글쎄요… 말이야 좋지만요… 그게…"

내 말대로 변경되면 아파트 세 채가 공중으로 날아갈 걸 뻔히 알고 있는 조합장이 수긍할 리 만무했다. 예상했던 반응이었다. 그 길로 난 문화원장을 찾아 지원사격을 요청했다. 개인적으로 부모님 같은 분이기도 하지만 동네 큰어른으로 알려진 터라 그를 끌어들이는 것만으로 효과가 있었다.

"원장님, 주민특공대 또 한 번 출동입니다."

도와달라고 말씀드리면 늘 무슨 일인지 묻지도 않고 나서주신다.

"좋지. 자네 차로 아니면 내 차로?"
"걸어가도 될 거립니다."
"아냐, 그래도 명색이 출동인데 차로 가야지. 내 차로 가세."

세 명이 저녁 때 만났다. 조합장을 만나자마자 난 침을 튀겼다. 높은 건물 필요 없다. 높은 게 좋다, 아니다. 올라가기 얼마나 불편한가, 행사를 마음껏 치러 낼 공간 확보가 더 중요하다, 천만의 말씀, 건물이 낮으면 값이 떨어진다 등 세 사람은 서로가 서로를 설득하느라 여념이 없었다.

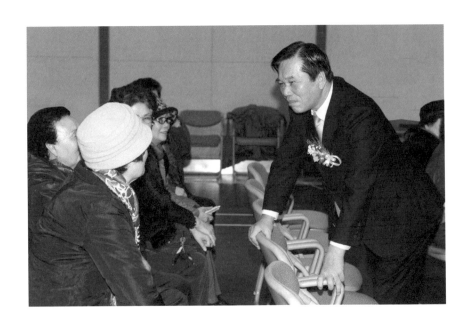

"현재 우리 구청 7층 강당이 173평입니다. 최소한 그 정도 규모
는 돼야 주민센터가 지역의 크고 작은 행사를 소화할 수 있잖습
니까. 뭐 행사 좀 할 때마다 다른 구에 가서 기웃거리고 눈치 보
면서 빌려야 하겠습니까? 우리가 누굽니까? 서울의 중심, 중구
아닙니까?"

"그럼, 그럼. 이 나이에 다른 데 가서 뭐 빌려달라고 해봐. 서러
워."

문화원장 어르신의 히든카드와 같은 훈수까지 더해지자 난감
해진 조합장은 끙 소리를 냈다. 밤새 그렇게 밀고 당기기를 여러
번, 결국 새벽녘이 돼서야 조합장은 백기를 들었다. 지하를 150

평 어간에서 합의했다. 중구 15개 동 중 최대규모. 두말할 필요 없이 지금 중구 15개 동 지역민들을 위한 모든 행사는 이곳 동화동 주민센터에서 치러진다. 난 크고 작은 모든 행사에 참석하는데 그때마다 어김없이 박수를 받는다.

"특별히 인사드리겠습니다. 우리 조영훈 의원님, 김장환 문화원장님, 이 두 분 덕분에 우리가 이렇게 좋은 곳에서 행사를 치를 수 있게 된 겁니다. 여러분, 이 두 분께 뜨거운 감사의 박수를 보냅시다."

모두 내가 초선의원이 된 무렵의 일이다. 한 가지 아쉬운 것은 그렇게 함께 주민특공대 역할을 자처한 김장환 원장님을 못 뵌 지도 벌써 일 년이 훌쩍 넘어버렸다는 사실. 오늘, 오랜만에 다시 인사를 드리러 왔다. 명동예술극장 앞, 원장님께 동판을 드리며 말씀드렸다. 돌아가신 지 벌써 1년이다.

"원장님 보고 싶습니다. 엊그제도 어디 행사 갔다가 박수받았는데 혼자 받으려니 심심하더라구요. 보고 계시죠 원장님? 어느새 제가 벌써 4선의원이 돼버렸습니다. 하지만 전 언제까지나 이렇게 초선의원으로 남아있겠습니다. 오늘도, 그리고 내일도요."

이 차가 네 차인가

첫인상은 중요하다. 우리가 흔히 하는 말이지만 이는 도시도 마찬가지다. 어느 도시를 여행할 때 그 첫인상이 기억에 남는다면 다시 찾고 싶어지게 마련이다. 중구에는 을지로, 명동, 동대문, 장충동 등 외국 관광객들이 숙소로 이용하는 호텔을 비롯, 필수 여행코스인 쇼핑센터들이 몰려 있다. 즉 어떤 형태로든 외국인 관광객들이 들르는 곳이다. 실제로 하루에만 350만~400만 명의 유동인구가 움직인다. 그중엔 외국 관광객의 약 70%도 포함된다. 다시 말해 중구에 대한 인상이 수도 서울에 대한 첫인상을 결정한다고 해도 과언이 아니다.

그런데 골칫거리가 생겼다. 아니, 우리 구가 안고 있는 고질적인 문제다. 우리 중구엔 청소차가 2백여 대 있다. 다른 지역에 비해 월등히 많다. 문제는 이 많은 청소차를 주차할 곳이 없어 인천의 당하동, 서울의 마포, 그리고 이웃한 성동구 송정동 그리고 중림동 서부역 고가차도 등에 나눠 주차하고 있다. 다른 구는 외곽지대가 섞여있어 어떻게든 주차 공간이 마련되지만 우리 중구는 서울 한복판이다. 결국 지역 내에선 마땅한 곳을 찾지

못해 궁여지책으로 뿔뿔이 흩어져 있는데 이마저 그 지역주민들의 반발, 주차공간의 용도변경 등 반발에 부딪혀 점차 세울 곳이 없어지고 있다.

문제는 또 있다. 이 차를 운행하는 사람들이다. 중구에서 일을 마친 이들은 차를 주차하기 위해 인천이나 마포를 가고 일을 하려면 다시 그곳에 가서 차를 가져와야 한다. 청소차는 아직 자율주행이 안 된다. 결국 지역 내 이곳저곳에 청소차가 불법주차되고 심지어 주택가에 방치되는 경우까지 생겨났다. 특히 92년 이후 줄곧 사용하고 있는 중구 중림동 차고지는 인근에 주택이 늘어나면서 심한 악취로 인해 집값에도 영향을 미치는 등 민원이 끊이질 않는다. 구에서도 이 문제를 해결하기 위해 전부터 대

안공간을 물색 중이지만 쉽지 않은 실정이다.

그런데 억울한 사정도 있다. 사실 중구의 쓰레기 문제는 본디 중구 자체만의 문제는 아니다. 현재 중구민은 약 13만, 그런데 쓰레기 배출량은 서울시 자치구 중 강남에 이어 두 번째다. 즉 인구대비 쓰레기 배출량이 월등히 많다. 이유는 간단하다. 재래 시장이 몰려있는 데다 사무실과 호텔, 쇼핑센터 등을 거쳐 가는 타 지역 사람과 외국인 관광객 등 유동인구가 하루 평균 350만 명이 넘기 때문이다. 단순히 생각해 이들이 담배꽁초 하나씩만 버려도 하루 350만 개를 비워내야 한다. 어마어마하다. 여기에 서울광장, 청계광장 등이 있어 어지간한 집회는 모두 여기서 치러진다. 이 역시 유동인구와 쓰레기를 늘리는 데 단단히 한몫하고 있음은 물론이다. 이런 뜻하지 않은 억울함이 고스란히 청소 차량의 주차문제로 이어져 있다.

사정이 이렇다 보니 중구와 서울시가 공동으로 해결방안을 모색해야 한다. 유동인구가 버린 쓰레기양을 처리하기엔 한계가 있음을 다시금 주장해 보조금을 늘려 받는 등의 해결이 필요한 것이다. 아울러 구에서도 이 문제를 해결할 전담직원을 배치해 적극적인 부지 확보 및 시와의 유기적 업무에만 집중하도록 해야 한다. 구청장과 해당 부서장은 기간의 정함이 있고 자주 바뀌므로 전담직원만이 문제를 지속적으로 연구하고 해결방안을 모색

하는 게 가능하기 때문이다. 이 문제는 우리 의회에서도 대안을
제시한 바 있다.

　얼마 전 구청장이 삼일 고가도로가 있던 자리의 저수조 밑을
뚫어서 비 안 올 때만이라도 주차장으로 쓰자는 아이디어를 냈
으나 서울시로부터 승인받지는 못했다. 내 생각은 조금 달랐다.
동국대학교 입구 장충공원에 어린이 야구장이 있는데, 그곳을
활용하는 것이 여러모로 가장 합리적인 대안이라고 생각했다.
조만간 서울시와 협의에 나설 생각이다. 남산을 뚫어서라도 처리
해야 하는데 서울시는 지금까지 꿈쩍도 않고 있다.

　아무리 깨끗해도 청소차는 청소차다. 그렇다고 우리 차가 아니
라고 할 수도 없는 노릇이다. 이 차가 네 차냐, 누가 묻는다면 그

렇소, 우리 차요 라는 대답 외에 달리 방법이 있는가 말이다. 쓰레기 치울 때는 불러다 일 시키고 일 마치면 알아서 세우라는 식이 되면 곤란하다. 그렇다고 인파가 몰리는 곳이나 도심 내에 버젓이 세워두면 미관상으로도 안 좋을뿐더러 누가 환영하겠는가. 산신령처럼 묘안이 필요한 시점이다.

내 보이지 않는 장애

급하게 연락이 왔다.

"의원님 우리 약소하게 송년회 준비했는데 시간 되시면 잠깐 들러주십시오."
"아이구, 그럼요. 들러야죠."

약속대로 센터에 들렀다. 저 멀리서 배시시 웃고 있는 한 청년. 이현수 군. 난 그와 꼭 안았다. 오랜만에 현수 군을 만나니 생각이 한없이 거슬러 올라갔다.

처음 여길 찾았을 때 이곳은 장애인 8명이 생활하는 공간이었다. 잠시 앉아서 숨을 고르는데 음료수가 건네졌다. 냉장돼 있지 않아 시원하지 않았지만 일단 그러려니 마셨다. 그런데 음료수가 왜 시원하지 않았는지, 아니 시원할 수 없었는지 바로 알게 됐다.

"아니 원장님. 잠깐만요, 한여름인데 냉장고도 없다구요? 장애인들이 이렇게 많이 모여 사는데? 그게 말이나 됩니까? 허 나

원 참."

"네. 아직 형편이 못 돼서…"

선풍기 하나로 직원까지 10여 명이 여름을 난다는 말까지 들은 나는 도저히 그냥 있을 수 없었다.

"여보세요, 아 저 조영훈입니다. 이거 아무래도 좀 도와주셔야겠소. 빨리 좀 와봐요."

결국 5백만 원의 지원이 결정됐다. 원장님에게서 연락이 왔다. 그는 말을 잇지 못했다.

"감사합니다. 덕분에 냉장고랑 에어컨을 샀습니다. 아이들이 얼마나 좋아하는지…큭"

원장님은 말을 못 잇고 울먹였다. 불과 얼마 전 길벗장애인자립생활센터에서 있었던 일이다.

참, 이현수 군 이야기를 빼놓을 수 없다. 그는 지체장애인이다. 너무나 맑은 표정의 아이여서 처음 만났을 땐 10대 소년인 줄 알았다.

2019년 파란마음 장애인주간보호센터에서의 일이다. 이곳은 최근 집을 비우라는 집주인 때문에 난감한 처지에 빠져있다. 13명의 장애인이 생활하는 곳인데 지하로라도 다시 이사해야 하나, 원장님과 늘 고민하고 있는 곳이기도 하다. 그날, 날 처음 본 그는 대뜸 나에게 움직이지 말라는 손짓을 보냈다. 잠시 멍했던 난 잠깐 그렇게 멈춰있었을 뿐 다시 분주하게 일을 봤다. 잠시 후 그는 나에게 종이 한 장을 건넸고 뭔지도 모르고 받아든 난 고맙다는 인사만 건네고 나머지 행사를 치렀다.

그날 밤. 모든 행사를 마치고 집으로 돌아가는 길. 차 안에서 문득 종이 한 장이 손에 잡혔다. 그림이었다. 순간 마음속에 눈물이 차올랐다. 그가 그린 그림은… 이를테면 투박하고 진심이 담긴 것이었다. 그가 나를 생각해서 그 힘든 손으로 하나하나 그려 넣은 그림. 너무 쉽게 받아든 내가 민망하게 느껴졌다.

보이는 장애가 내 보이지 않는 장애를 한 대 툭. 차를 돌려 사무실로 간 나는 그림을 내 책상 위에 올렸다. 그때 이후로 현수가 그린 그림 속 조영훈은 현실의 조영훈을 늘 지켜보고 있다.

내가 장애인들에게 특별히 관심이 더 가는 데는 이유가 있다. 바로 내 손자 때문이다. 나면서부터 지체장애를 갖고 태어난 아이는 지금껏 할아버지만 보면 그냥 웃는다. 하지만 그 녀석이 웃을 때마다 난 울게 된다. 안 보려고 애를 쓰면서도 할 수 없이 내 휴대폰에도 아이사진을 넣어놓았으니 폰을 켤 때마다 보게 된

▲〈장애인 한마음 체육대회〉

다. 그럴 때마다 난 다짐한다.

　장애를 이상한 눈으로 본다면 그게 장애다. 장애를 열등하게 본다면 그게 장애다. 그리고 장애를 나 몰라라 한다면 그게 바로 보이지 않는 장애다. 나도 한때 내 건강한 육신을 자랑하듯 산 적이 있다. 겉으로 장애를 입은 적이 없으니 장애를 보는 눈조차 없었던 적이 있다. 하지만 적어도 지금은 아니다. 내 보이지 않는 장애를 더욱 부끄러워하며 그들의 보이는 장애를 위해 노력하리라. 오늘도 현수 군이 그려준 그림 속의 날 돌아보며 사무실 불을 껐다.

중구를 살려라

한 나라에는 나라 고유의 문제가 있듯 시에는 시대로 문제가 있게 마련이다. 하물며 작은 자치구 내에도 이해관계가 얽혀있어 해결해야 할 문제들이 산더미다. 물론 이를 하나씩 해결해 가는 과정이 곧 의정활동이다. 슬기롭게 우선순위를 정해야 하고 그에 따른 해법을 연구해야 한다. 하지만 모든 일이 내 마음먹은 대로 될 수는 없는 일. 나 역시 임기 내에 꼭 해결하리라 마음먹고 있는 몇 가지가 있다.

첫째, 황학동. 이곳은 전역이 상업지역이다. 미곡의 집산지에서 오랜 시간에 걸쳐 상권이 뿌리내린 터라 다소 낙후되고 정비되지 못한 채 흘러가는 경향이 있다. 청계천을 중심으로 일부 정비됐지만 나머지 지역은 여전하다. 재개발이 지역발전에 도움이 되기도 하므로 개선의 여지가 분명 있으나 상권이 워낙 크다 보니 한꺼번에 하기엔 무리다. 중장기적인 계획 아래 체계적으로 나누어 해야 한다.

둘째, 신당5동의 경우 왕십리로 뒤에 소도로가 하나 있는데 교통안전회관에서 이어지는 언덕에서 성동고등학교 앞에 이른다,

▲ 〈황학회화나무제에서 축하의 인사말〉

지금은 주거지역이 형성됐고 서울의 대표적인 구도시의 모습이 그대로 남아있다. 이 지역은 장기적 관점에서 보면 맞은편 신당 동 중앙시장과 함께 상업지역 또는 준상업 지역으로 개발할 필 요가 있다. 그래야 균형이 맞고 지역도 활성화될 수 있다. 길 하 나를 사이에 두고 한쪽은 활기를 띠는데 다른 한쪽은 침체된 상 태라면 균형이 맞지 않는다.

이와 함께 다산로 쪽 신당6동 뒷길도 상업지역으로 전환이 필 요한 지역이다. 도로를 중심으로 한 편은 신당동 떡볶이로 유명 한 지역이다. 따라서 맞은편 지역도 그에 준하는 사업지구로 개 발을 하는 것이 지역의 발전에 도움이 된다. 그래야 지역 경제가 활성화된다. 서울에 오랫동안 살았던 사람이라면 마포 가든호텔

주변의 옛 모습을 기억할 것이다. 모두가 낮은 한옥만 빼곡했던 그곳이 지금은 재개발을 통해 대대적인 변신을 했다. 어리둥절할 정도로 빌딩 숲으로 변해 상전벽해다. 오피스텔과 사옥들이 들어섰고, 특히 호텔 뒤 도화동 일대는 아파트 단지가 들어서 인구 또한 신규 유입되는 등 지역경제 활성화 효과를 톡톡히 보고 있다. 우리도 이렇게 해야 지역 경제가 살아날 수 있는 것이다.

그런가 하면 서울시의 잘못된 행정으로 오랫동안 피해를 보는 곳도 있다. 우리 중구는 남산의 조망권에 방해가 된다고 하여 고도제한에 묶여 개발과 건축에 제한을 받고 있는 지역이 많다. 현재 장충동 성곽지역엔 남산 옆이라는 이유로 3층 이상의 건물이 없는데 오히려 남산과 더 가까이 있는 회현동엔 30층짜리 아

▲ 〈남산 회현동〉

파트가 올라갔다. 남산을 중심으로 중구와 용산구가 있는데 남산 아래 지역은 재개발을 하려 해도 조망을 망친다는 이유로 7층 이상은 짓지 못하도록 하고 있다. 하지만 이는 현장을 고려하지 않은 탁상 행정의 전형이다. 실제 현장에 가서 보고, 적절한 시뮬레이션을 통해 고저에 따라 층수 제한을 달리 두어야 한다고 보는 이유다. 그게 오히려 남산의 제 모습을 지키는 길이 아닐까.

그러나 현재 남산 아래 지역은 고도 제한이 일률적으로 적용되고 있다. 동일한 지역인데 어떤 곳은 30층을 짓고, 어떤 곳은 7층밖에 짓지 못한다면 형평성의 원리에도 어긋날 뿐 아니라 그로 인한 기회 불균형도 문제가 된다. 이것이 우리 중구에서 가장 오래된 고질적 민원이다. 원칙적으로 이러한 손해는 국가가 보상해

쥐야 한다고 본다. 최근에 최명옥 시의원이 석사과정 논문에서 남산고도 제한에 관해 주민들의 절실한 목소리와 그에 따른 대책을 다룬 적이 있다. 그런데도 이 문제를 누구도 언급하고 있지 않아 안타깝다. 구의 중장기적인 종합발전계획을 바탕으로 이 문제를 풀어갈 해법을 마련해야 한다. 이 문제가 풀려야 중구의 경제 활성화와 지역의 성장 발전이 종합적으로 완결될 수 있다.

약속은 지킨다

<hr>

약속은 지키기 위해 하는 것. 더군다나 공인으로서 한 약속은 지켜질 때에야 비로소 신뢰를 얻게 된다. 지방자치가 시작되고 나는 3대, 4대, 6대 구의원을 했고 현재는 8대 구의원으로 재임 중이다. 4선의원이라는 타이틀이 때로는 큰 부담과 책임으로 다가온다. 그만큼의 경륜이 쌓였다는 의미이기도 하고 한편 지역 주민들의 기대치도 높아졌기 때문이다.

돌아보면 나름 마음과 귀를 열고 충분히 주민들의 의견을 듣고 실질적으로 해결하기 위해 '혼신의 힘'을 다했다는 소릴 들을 만큼 노력해 왔다. 하지만 늘 가슴 한구석에 미련으로 남아 있는 몇 가지 사안들이 있다. 내가 주민들에게 약속한 공약 중 아직 지키지 못한 것이 두 가지 있다. 늘 아쉬움으로 남지만 아직 지키지 못했을 뿐, 포기한 것은 아니다.

하나는 지금 공원으로 조성된 대연산 배수로에 주민들이 더 편하게 올라갈 수 있도록 이동 수단을 설치하기로 했던 것이다. 몇 차례 시도했으나 원동기로 인한 소음발생 염려로 반대의 목소리가 워낙 커서 지금까지 표류하고 있다. 엘리베이터 같은 이동수단을 어느 쪽에 설치하느냐에 따라 한 쪽에선 주민이, 다른 쪽에선 학교가 반대를 하기 때문이다. 전체 주민의 입장에서 보면 필요한 시설이지만 반대하는 각자의 입장에서 보면 모두 타당성이 있는 문제라서 지금으로선 뾰족한 대안이 없다. 사실 이문제는 중구 예산으론 힘든 것이었는데, 내가 주민 입장에서 꼭 필요하겠다는 판단이 들어 공약했었다. 반드시 실천할 것이다.

대연산은 공원으로 지정되면서 충분한 예산을 들여 조경 및 체육시설을 잘 갖추게 돼 중구 편의시설 가운데 비교적 잘 조성된 공원에 해당한다. 3만 평이 넘는 규모에 다양한 체육 시설과 운동장 트랙도 조성돼 있어 주민 건강을 위해선 최적이다. 그러므로 이곳에 이동시설을 갖추면 노약자들도 쉽게 올라가 휴식도 취하고 가벼운 운동도 할 수 있게 된다. 이를 위해 반드시 필요한 것이 노약자를 위한 이동수단이다. 이 지역은 현재 3분의 1은 중구 땅이고, 나머지 3분의 2는 성동구 땅인데 구의원에 당선된 뒤 지역의 시의원과 협조하여 3억의 예산을 서울시로부터 확보하여 등산로와 산책코스 등을 정비하였던 곳이다. 그러나 경사가 비교적 가팔라서 노인들이나 유모차에 아기를 태운 엄마들은 올라가는 데 어려움이 있다. 이런 불편을 해소하고 이곳을 신당 4, 5, 6동과 황학동 주민 모두가 이용할 수 있도록 엘리베이터나 곤돌라 등을 설치하려고 한 것이다.

난 지금도 꿈꾼다. 신당동 지역주민들이 주말이면 남녀노소 할 것 없이 대연산 공원에 올라 여유롭고 평화로운 휴식을 즐기며, 아이들이 즐겁게 뛰어놀고 해맑은 웃음을 웃는 소리가 메아리치는 꿈. 건강한 하루를 보내고 바쁜 일상의 스트레스를 해소하고 재충전하여 건강하게 걸어가는 중구민들이 점점 늘어나 대연산 공원 때문에 중구 신당동이 참 살 만하다며 주민들의 웃음소리가 퍼지는 그런 꿈. 혼자서 꾸는 꿈은 한낱 꿈에 불과하지만 여럿이 함께 꾸는 꿈은 현실로 이루어진다는 말처럼 이 꿈이 주민 모두의 꿈으로 번지고 또 현실로 만들기 위해 뛸 것이다.

또 다른 한 가지는 2호선 전철역 통로가 중앙시장에 바로 연결되도록 하겠다는 공약이다. 그간 여러 차례 검토하였고 많은 시장 상인들이 취지와 필요성에 공감을 하고 있다. 하지만 일부 시장 상인들의 반대에 부딪혀 추진에 난항을 겪고 있는 실정이다. 전체적인 합의만 이끌어 낸다면 당장이라도 실행할 수 있는 사업이다.

반대에 부딪힌 이유 가운데 하나는 연결부위에 화장실이 있어 곤란하다는 점이었는데 이는 지하철공사에서 화장실을 옮기는 방안을 검토 중이어서 한고비 넘었다. 남은 것은 일부 시장 주민의 반대. 장기적으로 보면 시장의 활성화에도 도움이 되며 시장을 이용하는 주민들에게도 편의성을 제공할 수 있는 측면이 있어 일거양득의 효과가 있는 셈이다. 어렵게만 느껴졌던 문제가 하나 해결되었으니 주민 의견을 모으고 합의를 이끌어내 약속을 지키는 일만 남았다. 예산은 100억 정도 들어가는데 시장 상인

▲ 〈황학시장 노후전선정비사업 준공식〉

들이 합의만 해준다면 얼마든지 실행이 가능한 공약으로 현실화될 수 있는 상황이다.

정치를 하는 것은 머리를 감는 것과 같다. 머리카락은 빠지게 마련이다. 그러나 머리를 감아야 깨끗해지고 아름다워지며 새 머리카락도 나게 되는 것처럼 처음은 다소 노력과 비용이 들더라도 뒤에 큰 공리를 도모하면 된다는 한비자의 말처럼 지역의 현안들은 경우에 따라서는 서로 이해관계가 달라 반대에 부딪치게 마련이다.

하지만 더 큰 관점에서 먼 미래를 내다보고 노력과 공을 들인다면 당장 눈앞의 현실적인 불편은 있을지 모르지만 장기적으로는 모두에게 이익이 될 것이다.

지금까지의 공약을 실현하는 과정이 그랬고 현재 이루지 못한 두 가지 공약도 그러하다. 따라서 중구와 신당동 지역의 발전이라는 측면을 바라보고 장기적인 관점에서 때론 설득도 하고 때로는 비전을 통해 대안을 제시도 하면서 두 가지 공약을 현실화하는 데 주력한다면 언젠가는 내가 그린 그림대로 나아가 주민들의 삶이 편리한 방향으로 문제가 풀릴 것이라고 믿는다.

여기까지 생각을 정리한 나는 다시 검정가방을 집어 들고 사무실을 나섰다. 참, 우리 의회는 문 열고 나서자마자 바로 앞부터가 시장이다. 구수한 순댓국냄새와 반찬냄새에 섞여 사람냄새가 코를 후비고 들어왔다.

"후후, 근무환경 하나는 정말 기가 막히는구나."

난 오늘도 휘적휘적 시장 속으로 걸어 들어갔다. 사람 만나러 말이다.

5장

언론 속의 조영훈과 말, 말, 말

언론 속의 조영훈

중구의회(의장 조영훈) 의원들이 지난 15일 접종을 시작한 중구예방접종센터를 방문해 현장 운영 상황을 점검했다. 현재 중구 백신예방접종센터는 충무아트센터 내에 마련돼 관내 만 75세 이상 어르신들을 대상으로 화이자 백신을 접종 중이다.

조영훈 의장은 "의료진과 공무원들의 격무에 고생이 많다"며 격려하고 "의회도 현장에서의 애로사항이나 건의사항에 귀 기울이고 코로나19 종식까지 필요한 모든 노력과 지원을 다 하겠다"

고 약속했다. 중구의회 의원들의 이번 현장 방문은 코로나19 방역 최전선에 있는 의료진과 공무원의 노고를 위로하고 백신 접종에 따른 전반적인 상황을 확인하고자 실시됐다.

 이날 의원들은 지역사회 안전을 위해 수고하는 의료진과 관계 공무원들을 찾아 떡과 음료수 등 간식을 전달하며 응원과 감사의 마음을 전했다. 이어 예방접종센터 운영 상황을 꼼꼼히 살피고 향후 추진 방향을 논의하는 시간도 가졌다.

(2021.4.16. 한강타임즈)

▲ 〈중구의회 보건소 코로나19 비상근무대책반격려 차 방문〉

　오는 4월 7일 치러지는 서울시장 보궐선거와 2011년 10월 26일 치러진 서울시장 보궐선거 책임론 문제가 10일 열린 서울 중구의회 임시회 폐회식에서 거론돼 화제가 됐다. 박영한 의원이 5분 발언을 통해 "중앙선거관리위원회 발표에 따르면 이번 재보궐선거로 인해 총 932억 원의 선거비용이 소요되고 특히 서울시장 보궐선거 비용만 약 571억 원이 소요된다"고 주장했다. 또 더불어민주당이 당헌 92조2항을 뒤집고 전체당원 투표 결과로 후보자를 공천할 수 있도록 당헌을 개정한 후에 후보자를 냈다고 비판했다.

　그러자 조영훈 중구의회 의장(전국시군자치구의회의장협의회 회장)은 "저도 한 말씀 드리겠다. 정당의 당헌 당규는 필요에 따라서 개정할 수 있다. 그건 더불어민주당뿐 아니라 국민의힘, 국민의당 어떤 당도 필요에 따라서 개정한다"면서 "그리고 내 손톱 밑의 가시만 생각하지 말고 남의 손톱 밑의 가시도 좀 생각해야 된다"고 맞받았다.

조 의장은 "10년 전 오세훈 시장께서 아이들 밥 주는 것, 밥 먹는 것, 무상급식을 걸고 시장직을 사퇴했다. 그때도 이만큼 돈 들었다, 보궐선거에. 이런 것도 좀 참고해 주기 바란다"고 발언을 마쳤다. 남의 문제를 제기하기 전 나의 문제도 살펴보라는 4선 의장의 따끔한 훈수로 보인다.

(2021. 03. 11 아시아경제)

　올해는 전국시군자치구의회의장협의회가 이례적으로 바쁜 나날을 보내고 있다. 지난해 인사권 독립과 정책보좌관제 도입을 골자로 한 지방자치법 개정안이 통과되면서다. 협의회는 이 같은 개정안이 시행되기에 앞서 전국 226개 지방의회의 요구사항을 반영해 구체적인 세칙을 마련하겠다는 방침이다. 실제로 협의회는 현재 각 지역 기초의회의 다양한 의견을 수집하고 있으며 이를 정리해 행안부 등 관계기관과 협의해 나간다는 계획이다. 이같은 요구를 담은 구체적인 시행령 등은 이르면 오는 8월 마무리 될 것으로 보인다.

　이와 관련해 조영훈 전국시군구의회의장협의회 협의회장은 지난 25일 본지와 가진 인터뷰에서 "앞으로 기초의회 사무과(국)는 사무국(처)으로의 승격이 필요하다"며 지방의회 차원에서의

▲ 〈제8대 중구의회 의원일동〉

포부를 밝혔다. 기존 의회 사무과는 의회 사무국으로, 의회 사무국은 의회 사무처로 한 단계씩 높여야 제대로 된 견제와 감시 기능이 작동할 것이라는 설명이다. 이는 인사권과도 직결되는 사안으로 의회 사무과(국) 직원들의 사기 진작과 기초의회의 권한도 동시에 높일 수 있다는 점에서 중요한 의미를 갖는다.

조 협의회장은 지난해 정부와 국회와의 끈질긴 설득과 협의 끝에 광역의회 중심의 기존 지방자치법 개정안에 '기초의회'를 포함시킨 장본인이기도 하다. 내년 본격적인 지방자치법 시행을 앞둔 변화의 길목에서 올해도 조 협의회장이 다시 한번 이 같은 두꺼운 껍질을 깰 수 있을지 기대를 모으고 있다.

◆ 신축년 새해가 시작됐다. 각오는?

코로나19 영향으로 민생의 어려움이 상당하다. 올해는 구민여러분의 일상을 차츰 회복해 나가는 시간이 될 수 있도록 제도적인 개선과 재정적인 지원책 마련에 모든 역량을 다해 노력하겠다. 아울러 중구의회 의장이자 서울시구의회의장협의회 회장과 전국시군자치구의회의장협의회 회장으로서 국회를 통과한 지방자치법 전부개정안의 안착과 의정활동비 현실화 등 당면한 현안 등을 슬기롭게 풀어갈 수 있도록 각 시도대표 회장님들과 결속하고 연대해 최선을 다하고자 한다.

◆ 기초의회의 지방자치법 개정안이 갖는 의미는?

지방자치법 개정안의 주요 내용은 인사권 독립과 정책보좌관 제도 도입이다. 이를 통해 앞으로 기초의회는 자율성과 독립성 강화는 물론 입법기능과 의원의 전문적인 의정 역량이 높아질 것으로 본다. 그동안 기초의회는 직원 임명에 대한 추천권만 존재했고 그마저도 제대로 보장받지 못하는 경우, 집행부 견제, 감시와 같은 실질적인 의회 기능 수행에 상당한 차질이 발생해 왔다. 정책보좌관 지원제도 역시 날로 폭발적으로 증가하며 점차 전문화되고 있는 구민 수요에 능동적으로 유연하게 대응할 수 있을 것으로 기대한다.

◆ 우려되는 점이나 이에 대한 준비는?

지방자치법 전부개정안 통과로 지방자치의 실질적인 구현을 위한 첫 단추가 꿰어졌다. 그러나 법안의 구체적인 내용을 시행령에 담아내야 하는 과정이 남아 있다. 현재 협의회는 기초의회 발전에 반드시 필요한 사안들이 고스란히 반영될 수 있도록 전국 15개 시도 대표회장을 비롯해 226개 의회 모든 의원들의 목소리를 모으고 있다. 이를 잘 반영해 지방자치가 주민행복 구현으로 이어지도록 모든 노력을 기울이고 있다.

오는 28~29일에도 전국 시도 대표 의장단 회의가 예정돼 있다. 코로나19로 화상회의로 진행하지만 만약에 거리 두기가 없어지면 전국 226개 의장들과도 모두 모여서 회의를 가질 생각도 갖고 있다. 모든 기초의회 의원들의 힘을 모아 꾸준히 우리 기초의회의 목소리를 관철시켜 나가겠다.

◆ 기초의회를 대표해 요구할 사항이 있다면?

먼저 조직편성 권한이 제외된 인사권의 제한적 독립은 아쉬움이 남는 대목이다. 예컨대 전국 226개 기초의회 중 10명 미만의 의회가 90여 곳에 이른다. 이들 의회는 의회 사무과로 과장급(5급)이 의회 사무를 총괄한다. 그러나 이는 의회 전문위원도 과장급으로 직급상 충돌이 일어나면서 기형이 된다. 의회의 인사권이 독립되는 만큼 직급 기준 상향도 필요한 이유다.

이렇게 10명 미만의 의회 사무과는 '서기관급(4급)'인 의회 사무국으로, 10명 이상의 의회 사무국은 '부이사관급(3급)'인 의회 사무처로 조정한다면 권한과 책임을 다할 수 있다. 이는 의회 조직 내 승진에 대한 기대를 높이면서 사기 진작 차원에서도 큰 도움이 될 수 있다. 적어도 의회사무과만큼은 반드시 의회사무국으로 전환시켜야 된다고 생각한다.

◆ 인사 방식은?

인사 방식에 있어서는 아직 의견을 모으고 있는 중이다. 서울의 경우 앞으로 서울시 전체 기초의회와 인사교류를 할 것인지, 의장의 요청에 의해 구청과 교환하는 형태로 하는 것이 좋은지 논의가 필요하기 때문이다. 광역의회와 기초의회와 섞자는 얘기도 있다. 결국은 지방의회 인사에 있어 숨통을 틔워 줄 수 있는 방향이 돼야 할 것이다.

쉽지 않겠지만 국회 여야 대표를 비롯한 정무 주무부처, 참좋은지방정부위원회, 청와대, 대통령직속 지방분권위원회 등과의 협의를 위한 자리를 마련해 이를 포함한 모든 기초의회의 목소리를 지속적으로 전달하고 관철시켜 나가겠다.

◆ 이 밖에 하고 싶은 말은?

모든 조직은 시스템이 중요하다. 기업의 경우 대표가 모든 일을 하는 기업은 좋은 기업이 아니다. 만약 기업의 대표가 모든 일을 하게 되면 그 대표의 부재 시 그 조직의 업무는 마비된다. 공공기관도 마찬가지다. 의회는 의장이 아니라 의원들이나 사무국 직원들이, 집행부는 구청장이 아니라 그 구성원인 공무원들이 제대로 일할 수 있는 시스템을 만들어 줘야 한다.

올해는 기초의회가 제대로 일할 수 있도록 시스템을 만들어야 하는 중요한 시기다. 기초의회가 지방자치라는 거대한 상 위에 숟가락 하나 올려놓는 단계가 돼서는 안 되고 선두에 나서 철저하게 준비해 나가겠다.

◆ 구민들에게 한마디

8대 의회에 한결같이 보내주시는 관심과 성원에 진심으로 감사를 드린다. 올해도 기초의회 의원들은 실질적으로 삶이 나아질 수 있도록 부지런히 의정을 전개해 나갈 것이다. 앞으로도 어려울 때 힘이 되는 지역의 일꾼으로 항상 함께 할 것을 226개 기초의회를 대표해 약속드린다.

(2021.1.26. 한강타임즈)

▲ 〈전국시군자치구의회의장협의회 회장 당선 인사말〉

　서울 중구의회 조영훈 의장(전국시군자치구의회의장협의회장·
서울시구의회의장협의회장)은 "'지방자치법 전부개정안'의 통과
는 지방자치 2.0 시대를 여는 첫 관문이었다"며 "개정된 법안에
우리 기초의회 발전에 반드시 필요한 사안들이 고스란히 반영
될 수 있도록 노력하고 제도를 안착시키는 일들이 남았다"고 강
조했다.

　조 의장은 "지방자치법 시행령, 시행세칙이 개정된 지방자치법
취지에 맞게 정해질 수 있도록 개정이 어떻게 정해지는지에 따
라 다르게 법이 적용되므로 전국시군자치구의회의장협의회에서
중점적으로 노력하고 있다. 이를 비롯한 여러 가지 사항을 연구

해서 오는 6월까지 협의회에서 결정할 것"이라고 덧붙였다.

이어 "지난해부터 시작된 사상초유의 코로나19 사태 속에서도 성숙하고 책임감 있는 자세로 방역과 사회적 거리두기에 적극 협조해 주신 구민 분들과 생명과 안전을 지키기 위해 최선을 다해 주시는 의료진과 공무원 여러분께 무한한 감사와 존경의 마음을 전하고 싶다"고 말했다.

◆ 새해 각오와 계획은?

코로나19의 장기화로 지역경제가 악화일로의 상황에 있다. 특히 중구는 관광특구를 비롯하여 명동, 남대문 등 상권이 밀집해 있어 영세업체와 소상공인의 경제적 손실이 상당한 지경에 이르렀고 존폐의 기로에 놓여 있는 곳도 참으로 많다. 저를 비롯한 9

▲ 〈전국시군자치구의회의장협의회 제231차 시 도 대표회의-인천〉

명의 의원들은 올해 민생안정을 최우선에 놓고 영세업체와 소상 공인 구제를 위한 실질적인 지원책을 고민하고 끊임없이 방안 마련에 노력하고 있다. 구민 여러분의 소중했던 일상을 돌려드리는 것이 최우선이다. 빈틈없고 촘촘한 제도 개선과 보강을 통해 실제로 체감할 수 있는 삶의 변화를 안겨드리고자 노력할 것이며 당파를 초월해 화합하는 의회 구현으로 민의 반영에 더욱 최선을 다할 것이다.

◆ 전국시군구자치구의회의장협의회 활동 방향은?

중책을 맡은 만큼 앞으로 해야 할 일이 참으로 많다. 사안의 경중을 가리지 않고 모든 일들에 무거운 책임감을 가지고 임하고 있다. 지난해 12월 지방자치법 전부개정안이 통과되며 비로

소 실질적인 자치의정의 실현을 앞두게 됐다. 무려 32년 만에 이뤄지는 개정작업인 만큼 기초의회가 본연의 역할을 다할 수 있는 환경조성과 제도적인 기반 마련에 전국 15개 시도대표들과 함께 철저하게 준비해 나갈 계획이다.

기초의원 2927명 전원이 개정안 통과를 강력하게 염원하는 서명부를 작성해 보여준 열정과 공고한 단합의 힘이라면 앞으로 놓인 현안들 또한 원만히 풀어나갈 수 있을 것이라 믿는다. 국회 여야 대표를 비롯한 정무 주무부처, 참좋은지방정부위원회, 청와대, 대통령직속 지방분권위원회 등과의 협의를 위한 자리를 마련, 기초의회의 목소리를 지속적으로 전달하고 관철시키고자 한다.

그러나 무엇보다도 법안 개정으로 확대된 권한만큼 반드시 이행해야 할 책임과 의무를 철저하게 자각하고 주민에게 신뢰받고 믿음 주는 의회로의 쇄신이 최우선으로 선행돼야 한다고 본다. 치열한 자기반성과 자정 노력을 끊임없이 기울여 새로운 자치시대를 맞아 내일이 더욱 기대되는 기초의회가 되도록 모든 역량을 다할 것이다.

◆ 인사권 독립, 정책보좌관 등 관련 법안통과에 대한 입장은?

법안 개정 이후에는 의회의 위상이 높아지고 고유 권한이 확대됨에 따라 주민의 대변자로서 역할에 더욱 충실할 수 있고 이로 인해 지방자치의 현실적인 구현에도 상당한 탄력을 받을 것이

▲ 〈전국시군자치구의회의장협의회 제231차 시 도 대표회의-인천〉

라 기대한다. 또한 정책보좌관 지원제도가 도입됨에 따라 나날이 전문화되고 복합적인 양상으로 변모하는 구민 수요에도 능동적이고 유연하게 대응할 수 있을 것이다.

　단, 조직편성 권한이 제외된 인사권의 제한적 독립은 아쉬움으로 남는다. 전국 226개 기초의회 중 절반을 차지하는 의원 수 7명 이상, 10명 미만인 의회의 인사권이 독립되는 만큼 직급 기준 상향이 필요하다. 의원 수 10명 넘는 의회의 경우 사무처 책임자를 부이사관급으로 10명 미만 의회는 서기관급으로 조정해 권한과 책임을 다할 수 있도록 해야 한다. 쉽지 않겠지만 의사를 지속적으로 관철해 나갈 것이다.

◆ 구민들에게 한마디 하신다면?

여전히 진행 중인 코로나19 상황에서 새해를 맞이한 기쁨과 설렘보다는 불안과 두려움이 크셨을 거라고 생각된다. 삶 자체가 송두리째 위협받는 상황이 길어지는 가운데서도 성실히 생업을 지키고자 노력하셨던 모든 분들께 중구의회는 위로가 되고 힘이 되는 의정을 전개하고자 노력할 것이다. 아울러 포스트 코로나 시대를 대비해 의정활동의 방식과 마음가짐도 새롭게 바꿔나가며 달라진 세상에 발맞추기 위한 철저한 준비로 변화에 적극 대응할 것을 약속드린다.

(2021.1.25. 전국매일신문)

제8대 전국시군자치구의회의장협의회 수장으로 선출된 조영훈 (서울중구의회 의장)회장은 3일 기초의회까지 의회 사무국 직원에 대한 인사권 독립과 의정활동비 현실화가 반드시 이뤄져야만 제대로 된 자치분권이 실현될 수 있다"며 "현재 국회에 계류 중인 지방자치법 개정안에 기초의회법안도 보강해 달라"고 촉구했다. 조회장은 이날 본지와의 인터뷰에서 "국회에 계류 중인 34개 지방자치법 개정안 내용을 들여다보면 기초의회에 대한 배려가 전무하다"며 이같이 지적했다.

이어 "지방분권과 국가균형발전은 결코 포기할 수 없는 국가운영의 가치"라면서 "'한 사람의 열 걸음보다 열 사람의 한 걸음이 중요하다'는 마음자세로 지방분권을 위해 모두가 힘을 모아야 할 때"라고 강조했다.

특히 최근 전국시군자치구의회의장협의회가 발표한 성명서와 관련해 "4대협의체(대한민국시도지사협의회, 대한민국시도의회의장협의회, 대한민국시장·군수·구청장협희회, 대한민국시군자치구의회의장협의회)에서 제출한 지방자치법 전부 개정안 건의문에도 기초의회 건의안이 부실하다"며 "그래서 인사권 독립, 의정비 현실화를 포함한 수정안을 다시 요구하는 것"이라고 설명했다.

다만 조회장은 연이은 물의로 '기초의회 무용론'이 제기되고 있는 현상에 대해 "우리의 잘못이 크다"며 "자정노력이 필요하다"고 고개를 숙였다. 그는 "우리가 먼저 뼈를 깎는 자정노력으로 달라진 후 국가에 무엇인가 해달라고 요구해야 말이 된다"며 "앞으로는 사고를 친 기초의원이 의회에서 제명조치되면 다시는 의회에 복귀하지 못하도록 상위법으로 묶는 방법을 강구해야 한다"고 강조했다. 특히 "주민들도 정당만 보고 뽑지 말고, 인물 됨됨이를 꼼꼼하게 따져보고 선택해야 한다"며 "정당에서도 공천할 때 철저한 검증절차를 거쳐 부실한 후보가 나오지 않도록 책임감을 갖고 임해야 한다"고 당부했다.

조회장은 "전국시군자치구의회의장협의회가 전국 단위의 지역민심이 국정운영에 원활하게 반영될 수 있도록 통로로서의 역할을 다하겠다"면서 기초의원들이 풀뿌리 민주주의인 만큼, 그 특성을 살려서 현장에 생생한 민원을 전달하고, 주민들의 가려운 데를 긁어줄 수 있도록 기능화하겠다"고 포부를 밝혔다. 이를 위해 "정기적으로 대통령, 총리, 여야정당대표, 시도지사들도 만나겠다"고 의욕을 보이기도 했다.

조회장은 지역구인 서울 중구현안에 대해서도 강력한 해결의지를 보였다. 특히 앞서 중구청이 지난 7월부터 '어르신 공로수당' 10만 원을 지급하지 말라는 보건복지부 지시사항을 어기면서 발생한 구의 복지예산 고갈사태와 관련해 조회장은 "복지부가 기초연금의 국비 지원을 끊으면서 구의 복지예산이 바닥났지만, 의회와 집행부가 정부를 설득해 국비의 재지원을 끌어내겠다"고 밝혔다.

앞서 서양호 중구청장은 복지부 반대에도 불구하고 월 2~25만 원씩 기초연금을 수령하는 관내 주민들에게 매월 공로수당 10만 원 지급을 강행하다가 지난 7월부터 기초연금에 대한 국비를 지원받지 못하는 사태를 초래했다. 7월부터 구비와 시비로만 기초연금을 지급하면서 11, 12월분을 당겨쓰다 보니 결국 31억 원에 달하는 추경이 불가피한 상황이 됐지만 이마저 의회반대에 부딪혀 좌절되고 말았다.

이에 대해 조회장은 "구청장 개인의 잘못으로 인한 패널티를 구예산으로 보강하려는 집행부에 동조할 수 없었다"며 "정부기관에 맞서기보다 어떻게든 설득해서 예산을 받을 수 있는 방안을 강구하는 게 옳다고 생각했다"고 설명했다.

이어 "집행부의 추경안을 삭감하면서 구청장한테 나하고 같이 돈 벌러 다니자고 말했다. 국비 챙겨 예산을 보강하는 일에 구의회 의장과 구청장이 같이 노력하자는 의미였다"며 "최근 김민석 국회 보건복지원원장을 찾아가 이 같은 뜻을 전하고 협조를 구했다"고 밝혔다. 특히 "정세균 총리한테도 복지부에서 31억 안주면 11~12월 기초연금 못 줘서 중구에서 대란이 일어난다고 이야기했다"고 강조했다.

한편 조회장은 민주당으로부터 제명을 당하고도 무소속 신분으로 전국시군자치구의회의장협의회장 선거에서 당선되는 저력을 발휘해 이목을 모은 인물이다. 조회장은 후반기 의장에 출마하지 말라는 민주당 서울시당의 권유를 받아들이지 않아 제명됐었다. 이에 대해 조회장은 "의장을 두 번 한다고 해서 당 전임집행부가 나를 제명시켰다"며 "의장으로서 해야 할 일이 남았다고 생각해 당의 만류를 받아들일 수 없었다"고 밝혔다.

이어 "부당한 제명처리에 대해 징계처분취소 가처분 신청도 내고, 본안소송도 냈는데, 전국회장이 된 후 취하했다"며 그 이유에 대해 "8월 28일 전임집행부에 제명을 당했는데, 바로 다음날 새로운 집행부가 구성됐다. 이낙연 대표도 잘 알고 있는 사안인 만큼 조만간 복당될 걸로 알고 있다"고 설명했다.

(2020.11.3. 시민일보)

"보건복지부가 지난 7월부터 서울 중구의 '어르신 공로수당' 10
만 원을 현금 지급하지 말라며 제재에 나섰습니다. 복지부가 기
초연금의 국비 지원을 끊으면서 구의 복지예산이 바닥났습니다.
하지만 의회와 집행부가 정부를 설득해 국비의 재지원을 이끌어
내겠습니다."

조영훈 서울 중구의회 의장은 지난 21일 구의회 의장 집무실에
서 가진 인터뷰에서 "내년부터는 공로수당을 식당과 슈퍼에서만
쓰도록 복지부와 합의가 이뤄졌다"면서 "의회가 지난 7월부터 기
초연금의 국비 제외 부분을 소급해 받을 수 있도록 앞장서겠다"
고 말했다.

지난달 16일 전국시군자치구의회의장협의회장으로 선출된 조 의장은 지난 20일 중구 구민회관 대강당에서 취임식을 가졌다. 지난 7월 28일에는 제8대 후반기 서울시 구의회 의장협의회 회장에 선출되기도 했다. 4선(3·4·6대, 8대)을 지낸 관록의 정치인인 조 의장은 지방자치 전문가로 손꼽힌다. 그는 "현재 지방자치법 전부개정안이 국회에 6건 접수돼 있는데 여러 건이 있으면 통과가 어렵다"면서 "당에서 단일안을 만들고 야당과 협의해 제대로 된 지방분권이 실현됐으면 한다"고 했다.

　조 의장은 의장협의회장으로서 중점을 두고자 하는 사안에 대해 집행부로부터의 '인사권 독립'과 '의정활동비 인상'을 꼽았다. 그는 "지방분권을 위해 가장 중요한 것은 의회의 인사권 독립인데 잘 지켜지지 않는 경우가 많다"면서 "지방의원들이 지방자치법 통과를 위해 시위를 하자고 할 정도로 격앙돼 있다"고 전했다. 또 "지방의원의 의정활동지원비가 10년이 넘도록 1인당 월 110만 원에 그치고 있는데 의회 발전을 위해 인상할 필요가 있다"고 덧붙였다.

　조 의장은 그러면서도 "지방의회 의원들의 추문이 연이어 언론을 장식하며 '의회무용론'까지 언급되고 있어 참담한 심경"이라면서 "의원들 스스로 자정 노력이 뒤따라야 지방분권을 요구할 수 있는 명분도 생길 것"이라고 말했다.

(2020.10.23. 서울신문)

전국 233개 기초·광역의회로 구성된 전국시군구자치구의회의 장협의회(회장 조영훈)가 국회 지방자치법 전부개정안의 신속한 통과와 기초의회 사무국에 대한 인사권 독립 등 개정안 수정을 위해 '실력행사'에 나서야 한다고 밝혀 향후 행보가 주목된다.

협의회는 20일 서울 중구 중구구민회관에서 제288차 시도대표회의를 열고 지방분권 및 재정분권 조기 입법화를 위해 이 같은 적극적인 자세가 필요하다고 입을 모았다.

이날 조영훈 협의회장(서울 중구의회 의장) 취임에 맞춰 처음 열린 시도대표회의에 참석한 15개 시도대표들은 결의안 선언만으로는 부족하다며 국정감사 기간 내 국회를 찾아가 국민들에게 호소하고 입법기관인 국회에 결의안이 반영되도록 강력하게 촉구해야 한다고 강조했다.

대전광역시 대표 김태성 대덕구의회 의장은 "정부·여당이 광역단체 중심의 전부개정안 처리에만 집중하고 있어 열악한 기초의회 사정을 반영하지 않고 있다"며 "의회사무직 인사권, 의정활동 전문성 강화를 위한 전문인력 배치, 급여 문제 등을 반영할 수 있도록 수정안 반영을 직접적으로 요구해야 한다"고 말했다.

이날 협의회는 '지방자치법 전부개정법률안 수정의결 촉구 건의문'(인천광역시 대표 송춘규 서구의회 의장 발의), '지방분권 강화를 위한 지방자치법 전부개정안 수정요구 촉구 결의안'(경기도 대표 윤창근 성남시의회 의장 발의) 등 4건을 채택했다.

지방권권 강화 전부개정안 수정요구 결의문은 실질적인 자치분권을 위해 자치입법, 자치재정, 자치행정, 자치복지권이 보장되어야 한다며 중앙에 집중된 사무를 기초자치단체로 대폭 이양하고 국세와 지방세의 비율을 획기적으로 개선하도록 하고 있다.

강원도 대표 이정훈 삼척시의회 의장은 "기초의원의 권익, 다양한 사무에 대한 권한을 보장하는 안건을 결의안으로 선언하는 것만으로는 한계가 있다"며 "협의회가 로드맵을 마련해 관철될 수 있도록 실질적으로 움직여야 한다"고 말했다. 특히 전국 시도대표들이 힘을 모아 청와대와 국회로 찾아가야 한다고 강조했다.

지방분권 강화 수정요구안을 낸 경기도 대표 윤창근 성남시의회 의장은 "지방자치법 수정안은 시급을 요하는 문제로 이미 경기도 31개 시의회에서 결의한 바 있다"며 "협의회 사무처가 긴밀하게 움직여주길 바란다"고 말했다.

일부 시도대표들 사이에서는 홍영표 참좋은지방정부위원장(더불어민주당 국회의원)이 전부개정안을 우선 통과시킨 후 기초단

▲ 〈제8대 후반기 전국시군구의회 의장협의회 조영훈 회장 취임식〉

체 관련 수정안을 다시 검토하겠다는 입장이어서 언제 다시 기초단체 관련 내용이 반영될지 불투명하다는 반응도 나왔다.

현재 국회에는 여야가 발의한 지방자치법 전부개정안이 10여 개에 달해 이를 협의해 통과시키는 데도 상당한 진통이 따를 전망이다. 협의회는 전부개정안 협의에 기초단체 관련 개정안도 포함시켜야 한다는 입장이다.

이에 조영훈 협의회장은 "국정감사 기간 내 국회에 청와대를 상대로 의미 있는 행동을 할 수 있도록 사무처와 검토하겠다"며 "이슈화가 필요하다는 시도대표회장분들의 의견에 동의한다. 전국 233개 기초의회 의장들이 모두 모이는 것도 필요하다고 생각한다"고 말했다.

한편, 이날 시도대표회의 이후 전국시군자치구의회의장협의회 제8대 후반기 회장 취임식이 열렸다. 지난달 16일 전국 협의회장에 선출된 조영훈 서울특별시구의회의장협의회장(서울 중구의회의장)은 취임사에서 "자정노력을 통해 주민에게 신뢰받는 기초의회가 되어야 한다"며 "정기국회 내 지방자치법 전부개정안이 조속히 통과될 수 있도록 모든 기초의원들이 함께 노력해 지방의회 의결권 및 전문성 강화 등 제도 개선을 위해 최선을 다하겠다"고 말했다.

취임식에는 전국의장협의회 시도대표회장 15인, 김인호 서울시의회 의장, 서양호 중구청장을 비롯해 김순은 대통령소속 자치분권위원장, 송영길 국회 외교통일위원장 등이 참석했다. 11월 열리는 차기 시도대표회의는 부산 해운대구에서 개최할 예정이다.

(2020.10.20. CBS 노컷뉴스)

서울시 중구의회 4선 의원인 조영훈 의원이 제8대 중구의회 전반기 의장에 이어 후반기 의장에 선출됐다. 지난달 28일에는 강서구에서 열린 서울시 구의회 의장협의회에서도 후반기 회장에 선출되며 오랜 의정경험을 토대로 동료 의원들의 높은 신뢰를 확인하는 계기가 됐다는 평가를 받았다.

조영훈 의장(협의회 회장)은 향후 계획에 대해 후반기 각 자치구의회 간 논의와 협력이 필요한 주요 현안과 공동 의제를 적극 발굴하고 지속적인 숙의를 통해 최대한의 협력을 이끌어내는 데 주력하겠다고 밝혔다.

◆ 제8대 중구의회 후반기 의장에 선출된 데 이어 중구의회 최초로 서울시 구의회 의장협의회 회장에 선출됐다. 겹경사에 소감이 남다를 텐데?

= 저보다 훌륭하고 뛰어난 분들이 많은 가운데 회장으로 추대해 주신 모든 분들께 감사의 마음을 전하고 싶다. 개인적인 영광이자 기쁨을 느끼면서도 중구의회 의장과 서울시 구의회 협의회 회장이라는 중책을 동시에 맡게 되어 상당한 책임감을 느끼고 있다. 앞으로 2년간 성원과 지지를 보내주신 분들의 기대에 부응하도록 어느 한 부분 소홀함이 없이 합리적이고 성공적인 운영을 위해 노력할 것이며 아울러 민주적이고 수평적인 의사결정

과정을 통해 타의 모범이 될 수 있도록 원활하고 협치하는 의정을 보여드리겠다.

◆ 갑작스런 서울시장 공백 이후 서울 각 구청은 물론 구의회도 여러 의제와 협력 사안에 대한 고민이 많다고 들었다. 후반기를 어떻게 풀어갈 계획인가?

= 코로나19의 장기화와 경기 침체로 인한 지역경제의 악화 등 엄중한 사안이 산재해 있는 시점에 갑작스러운 서울시장의 부고로 구민들의 염려가 크실 거라고 생각한다. 각 자치구 의회에서는 위기 속에서도 흔들림 없는 구민의 일상을 위해 시행 중인 주요 사업들이 일관성 있게 진행될 수 있도록 재정적 입법적 지원에 집중하며 동시에 의회의 본연의 임무인 집행부 견제라는 역할도 충실하게 이행하는 의정 구현에 최선의 노력을 다하고 있다.

구의회 협의회 회장으로서 이와 같이 구민생활 안정과 향상을 위해 각 자치구의회 간 논의와 협력이 필요한 주요 현안과 공동 의제를 적극 발굴하고 지속적인 숙의를 통해 최대한의 협력을 이끌어내는 데 주력하겠다. 특히 그동안 기초의원들이 중앙정부와 직접 만나 민의를 전달할 기회가 없었다. 협의회장으로서 중앙과 기초 간 적극적인 가교 역할을 통해 지방의원들이 지방분권과 지방자치 발전을 위해 목소리를 높일 수 있는 기회를 많이 만들고 싶다. 이를 통해 진정한 지방자치의 강화로 그 혜택을 구민에게 돌려줄 수 있는 후반기의회로 나아가려 한다.

◆ 서울시구의회의장협의회의 후반기 가장 큰 숙제는?

= 최근 들어 지방의회 의원들의 추문이 연이어 언론을 장식하며 '의회무용론'까지 언급되고 있다. 의원의 한 사람으로서 고개를 들기 어려울 정도로 너무나도 부끄럽게 생각한다. 지방의회의 과업인 자치분권의 확대와 강화를 천명하기 전에 앞서 가장 근본적인 질문으로 지방의회의 의원들 스스로가 기본적인 소양과 품격을 갖추고 있는지 되물어봐야 할 것이다. 그리하여야 의회가 더 발전할 수 있고 지방분권도 요구할 수 있는 명분이 생길 수 있다고 본다.

먼저 주민의 대표로서 누가 되지 않도록 엄중하게 반성하고 또 다시 이런 불명예스러운 일들이 재발하지 않도록 의회 스스로의 자정기능을 강화하는 것이 급선무다. 이를 위해 후반기 의장협의회에는 의회 자정능력을 높이기 위한 집중적이고 지속적인 세미나와 교육의 자리를 마련해 모범적이고 바람직한 의회상 재정립에 노력하겠다.

(2020.8.10. CBS 노컷뉴스)

서울시 25개 자치구의회를 이끌어 갈 서울시 구의회의장협의회 회장에 조영훈 중구의회 의장이 선출됐다. 역대 중구의회 의원 중 구의장협의회 회장에 당선된 것은 조영훈 의장이 최초다. 조 회장은 중구의회 4선(3대, 4대, 6대, 8대) 의원으로 8대 전반기에는 의장에 당선돼 의장협의회 고문을 역임한 바 있다. 이후 전반기에 이어 후반기에도 의장에 연달아 당선되면서 구의장협의회장에도 당선되는 영광을 안게 됐다. 전반기 의장협의회 고문으로서 지방의회 발전을 위한 많은 노력과 경험이 24개 구의회 의장들의 마음을 움직인 것으로 보인다.

한편 조 의장은 협의회장에 당선된 직후인 지난달 30일 본지와 최초 인터뷰를 갖고 본지를 통해 서울시민과 중구민들에게 2가지 약속을 전했다. 하나는 제대로 된 지방의회를 실현하겠다는 것이며, 다른 하나는 언제든지 중구의회의 문을 열어 놓겠다는 것이다.

전자는 기초 의회 의원들의 자정노력을, 후자는 전반기 갈등을 겪었던 중구청에 먼저 화해와 소통의 손을 내밀겠다는 의도로 풀이된다. 다음은 조 협의회장과의 일문일답.

◆ 서울시구의회의장협의회 회장에 당선됐다. 소감 한 말씀

나보다 훌륭한 분들이 많은데 회장에 당선된 데 대해 감사인사를 드린다. 구의장협의회에 다시 한번 나갈 수 있도록 적극 도

와주신 주민분들께도 감사드린다. 더 낮은 자세로 더 열심히 의정활동을 펼쳐 중구는 물론 서울시 각 의회가 한 걸음 더 나갈 수 있도록 노력하겠다.

◆ 협의회장에 출마한 이유가 있다면?

전반기 2년 동안 의장단 협의회에서 고문으로 활동하면서 이런 저런 점들은 개선했으면 하는 생각들을 해 왔다. 예컨대 서울 각 의회의 현안들이나 조례들을 의장단 협의회에서 그것들을 공유해 함께 해결하고 만들어 나간다면 서울시 25개 의회의 발전이 빨리질 수 있을 것이라고 생각했으며 이를 실천해 나갈 생각이다.

특히 기초 지방의회의 발전을 위해 중앙과 기초지방의회를 연결하는 다리 역할을 해 보고 싶었다. 지금까지 기초 의원들이 중앙정부와 직접 만나 기초 민의를 전달할 기회가 없었다. 서울에는 25명의 의장이 있지만 전국에는 226명의 의장이 있다. 이들과 청와대나 국무총리, 국회 등에서 서로 가깝게 이야기하고 민의를 전달할 수 있는 기회를 만들어 보고 싶다.

중앙과 지방이 가까워지도록 기회를 만들어 기초 지방의원들도 모두 나서 지방분권을 위해 목소리를 낼 수 있도록 노력해 보고 싶다. 이런 점에서 개인적으로는 민주당 최고위원에 수원시장이 나선 것은 매우 고무적이다. 당 지도부에서도 우리 목소리를 대변할 대표가 나섰다고 생각한다.

◆ 협의회장으로서 가장 먼저 추진할 정책이 있다면?

가장 먼저 우리 기초 의회는 자정노력을 해야 한다고 생각한다. 최근 전국에 걸쳐 기초의회 의원들에 대한 구설이 많이 오르내리고 있다. 그렇지 않아도 의회 무용론에 대한 목소리가 나오고 있는데 이런 때일수록 우리 기초의회 의원 스스로 몸가짐을 똑바로 해야 한다.

그래야 의회가 더 발전할 수 있고 지방분권도 요구할 수 있는 명분이 있을 것이라고 생각한다. 이를 위해 의회와 각 의원들의 자정 노력을 위한 세미나와 역량 강화를 위한 교육도 실시해 나갈 생각이다. 또한 전국 의장단 협의회에 가서도 우리 스스로 자정 노력에 대한 목소리를 내 지금까지 기초 지방의회의 나쁜 이미지를 벗고 지방분권 기회를 살릴 수 있도록 노력하겠다.

◆ 중구의회 의장으로서도 계획이 있다면?

구청장하고 의회하고는 생각이 다른 점이 더러 있다. 구청장이 보는 시각과 의원들이 보는 시각이 다르기 때문이다. 이 같은 시각은 때로는 갈등으로 나타나기도 하지만 이를 잘 추스르고 소통하고 협의하면 서로 윈윈할 수 있는 정책을 모색할 수 있다.

이를 위해서는 평소에도 구청장과 구 간부들, 또 의회 의원들이 서로 교감하고 교류해야 된다고 생각한다.

이에 앞으로 8대 후반기 중구의회는 의원들과 집행부가 언제든지 만나 소통할 수 있도록 문을 열어놓겠다. 구민들을 위한 것은 구의원과 구청이 다를 수 없다. 다만 그 방향에 있어 다를 뿐이다. 큰 사업이든 작은 사업이든 구청장은 물론이고 구 관계자들이 언제든지 와서 의원들과 만나 협의하고 수정할 수 있도록 하겠다. 싫든 좋든 앞으로 2년 동안은 집행부와 의회가 구민을 위해 나아가야 된다. 전반기에는 좀 못했지만 후반기에는 머리를 맞대고 소통을 한번 해 보길 기대한다. 중구의회 의장으로서 우리 의원들도 자신의 위치에서 열심히 의정활동을 펼쳐 나갈 수 있도록 최선을 다하겠다.

◆ 구민들에게 한마디

부족하지만 전반기에 이어 후반기에도 의장이 됐고, 서울시 의장단 협의회장이 됐다. 모두 구민들이 항상 성원해 주시고 도와주신 덕분이라고 생각한다. 남은 2년 동안 중구 9명의 의원들과 열심히 일하겠다. 서울시 의장단 협의회 회장으로서도 25개 의장님들과 함께 각 구 발전과 기초 의원들의 역량 강화와 의정활동 환경 개선을 위해 최선을 다하겠다.

(2020.8.3. 한강타임즈)

중구의회 사상 처음으로 제8대 전반기에 이어 후반기도 의장에 당선된 조영훈 의원. 본지에서는 지난 8일 열린 제259회 중구의회 임시회에서 전반기에 이어 제8대 중구의회 후반기 의장에 당선된 조영훈 의장을 만나 인터뷰를 가졌다. 그는 "이번 후반기 원 구성을 통해 모든 의원이 의장, 부의장 상임위원장으로 선출된 것은 전국 226개 시군구 기초의회에서 볼 수 없었던 최고의 성과"라고 자평하고 "앞으로도 구민의 눈으로 구민의 마음으로 소통하는 중구의회를 구현하기 위해 일 잘하는 의장, 책임 있는 의장이 되겠다"고 강조했다.

그는 "후반기에도 '구민의 눈으로 구민의 마음으로 소통하는 중구의회'를 만들겠다"며 "희망찬 중구의 미래를 위해 최선의 노력을 다하겠다"고 약속했다.

또 조 의장은 의회가 집행부에 예속되는 그런 의회가 돼서는 절대로 안 된다는 철학을 가지고 있다. 따라서 이 기조만큼은 철저히 지켜 나가겠다는 의지를 가지고 있다면서 "구청장이 하는 일이 정당하면 도와줄 것이고 정당하지 못하면 도울 수가 없다. 왜냐하면 자식은 물론 손자들과 대대손손 중구에서 살아야 되기 때문이다. 중구에 살지 않는 사람은 공직을 그만두면 떠나지만 우리는 절대 떠나지 않는다. 그래서 의회나 집행부가 중구발전을 위해 잘해야 하고 연구하고 고민해야 한다"고 강조했다.

◆ 제8대 중구의회 후반기 의장에 당선된 소감은?

"전반기에 이어 후반기에도 의회를 이끌어나가는 중책을 맡도록 지지해 주신 동료 의원들께 감사드립니다. 의장 연임이 중구의회 사상 최초라 개인적으로 뿌듯하면서도 무거운 책임감을 느낍니다. 성원과 기대에 부응할 수 있도록 여야를 아우르는 열린 소통과 구민행복을 향한 일념으로 중구의 발전을 견인할 수 있도록 최선을 다하겠습니다."

◆ 앞으로의 의정활동과 의회운영 방향은?

"중구의회에는 9명의 의원이 있고 그만큼의 다양한 생각과 논리가 존재하지만 구민행복을 이루고자 하는 열의는 모두가 같습니다. 구민을 위한 마음을 구심점 삼아 민주적이고 합리적으로 의견을 조율하고 진정성 있게 상호 존중하고, 의원 개개인의 역량을 마음껏 펼치면서도 하나 된 의회를 운영해 나가고자 하는 데 주력해 나가겠습니다. 아울러 후반기 의회도 '구민의 눈으로 구민의 마음으로' 펼쳐가는 민생중심의 생활 의정을 전개하며 더 많은 분들의 속 깊은 이야기를 경청하는 현장 의정활동에 더욱 박차를 가할 계획입니다."

◆ 지방의회 사상 모든 의원이 직책을 맡았는데?

"전국 226개 지방의회가 대부분 10명 미만이 절반 정도 되는 것으로 알고 있습니다. 초대부터 8대까지 오는 동안 전 의원이 모두다 직책을 맡은 의회는 중구밖에 없습니다. 이는 여야 협의가 잘됐을 뿐만 아니라 반드시 완성해야겠다는 의지와 신념이 강했기 때문에 가능했습니다. 이는 참으로 귀한 목표를 달성한 것으로 대단한 의미가 있습니다. 앞으로 후배의원들도 합의를 통해 이런 전통을 만들어 나갔으면 좋겠습니다."

◆ 의회와 집행부의 상생방안은?

"의회는 대의기관으로서 집행부를 견제하는 권한을 구민으로부터 부여받았기에 필연적으로 대척점에 놓여있을 수밖에 없습니다. 그러나 의회, 집행부는 구민 행복이라는 공동의 목적을 공유하고 있어 상생과 협력의 기반에서 상호 발전적인 관계를 쌓고 지속적으로 소통을 견지하려는 노력을 함께한다면 앞으로의 관계는 더욱 단단해질 것이라고 생각합니다. 의회도 정략적인 이유가 아닌 진정성 있는 견제 속에서 구민을 위해 꼭 필요한 사업이라고 판단되면 적극적으로 지원하면서 집행부와 협치를 한다면 중구의 희망찬 미래는 한발 더 가까워질 것이라고 자신합니다."

◆ 코로나19에 대한 정책이나 방역 등을 평가한다면?

"유례없는 팬데믹 사태로 지역경제의 위기와 영세 소상공인의 어려움이 심각한 지경에 처해있습니다. 가용할 수 있는 한 자원의 집중적인 투입을 끌어내고 선제적인 지원책 마련에 총력을 다

해야 할 시기라고 생각합니다. 집행부에서는 장기전이 예상되는 현 시점에서도 흔들림 없이 신속하고 능동적으로 지역사회 방역에 철저하게 대처해 나가고 있어 노고에 격려와 감사의 마음을 전합니다. 의회 역시 코로나가 종식할 때까지 필요한 모든 노력을 다해 방역을 위한 제도 마련과 지원에 최선을 다하겠습니다."

◆ 중구청장이 추진하고 있는 9대 전략과제에 대해?

"중구청장이 추진하고 있는 9대 전략과제와 23개 정책, 42개 역점사업에 대해서 구체적으로 잘 모릅니다. 하지만 나는 충무아트홀 지을 때 경험이 있습니다. 청사관리기금을 1년에 200억, 300억, 500억 원 등을 모아서 건축했습니다. 지금부터라도 청사관리기금을 반이라도 마련해야 됩니다. 돈 한 푼 없이 신축해서 단체장이 임기 끝나고 가면 빚은 모두 중구민이 떠안게 됩니다. 그래서 의회에서 승인을 고민하는 것입니다. 신당동 청사 218억은 다른데 조금만 아끼면 그나마 가능합니다. 하지만 2천억, 3천억 공사비가 들어가면 앞으로 어떻게 누가 책임지겠습니까. 청사를 이전 신축하려면 지금부터라도 1년에 몇 백억씩 청사관리기금을 모아 중구예산을 가지고 해야 타당하다고 생각합니다."

◆ 중구청사 이전문제에 대해?

"국토부나 서울시와 어떻게 어떤 협의를 했는지 모르지만 가장 먼저 중구의회와 협의를 해야 합니다. 중구의 재산은 10만 원 이상이면 의회에서 구유재산 변경안을 승인받아야 됩니다. 의회가 모르고 있는 것을 서울시에서 알고 국토부에서 안다는 것은 앞뒤가 맞지 않습니다. 온전하고 제대로 된 행정을 해야 합니다. 청사이전 용역비를 의회에서 승인했다고 해서 이전되는 것이 아닙니다."

◆ 국립중앙의료원 미 공단부지로 이전·신축에 대해?

"보건복지부 장관하고 서울시장, 국립중앙의료원장이 MOU를 체결해서 국립의료원을 을지로 미 공병단부지에 신축, 이전하겠다는 발표에 대해 박수를 보냅니다. 개인적으로 중구 행정타운이 건설되기를 기대했지만 정부에서 하는 일이고 대한민국과 중구발전에 도움이 되는 만큼 중구의회에서도 적극적으로 돕겠습니다. 이전되면 국립의료원 자리는 음압병실이나 질병관련 시설이 될 것으로 알고 있습니다."

◆ 개관을 앞두고 있는 중구 교육거점센터에 대해?

"동화동 공영주차장은 1998년 구의원이 된 뒤 연립주택 2채를 사서 헐고 중구에서 제일 큰 공영주차장을 만들었습니다. 그때는 민원이 생겨서 지하를 파지 못하고 200여 대 주차할 수 있도록 했습니다. 그래서 구청장한테 대한민국에서 최고 좋은 영유아 시설을 하나 만들자고 제안했는데 상의도 없이 당초 취지와 전혀 다르게 조성됐습니다. 중요한 것은 동화동 주민이 쓰고 나머지를 활용해야 된다는 것입니다. 목적과 다르면 안 됩니다.”

◆ 주민자치회 조례와 관련해?

“주민자치회 조례가 통과되지 못하고 있는 것은 소통의 부재에서 비롯됐다고 생각합니다. 조례안 통과가 늦어지면 주민자치위원회를 당분간이라도 그대로 운영하면 됩니다. 주민자치회 준비위원회를 만든다고 50명에서 70명 정도로 구성하고 있는데 야당 의원들의 시각에는 정치조직화하는 것이 아니냐는 의심을 하고 있습니다. 그래서 서로 협의하고 소통해야 합니다.”

◆ 동료의원들에게 당부하고 싶은 말씀은?

“여야의원 모두 사랑하고 존경합니다. 의정활동의 목적은 구민의 재산을 지키고 집행부를 감시감독 잘하고 예산이 헛되이 쓰이지 않도록 하고, 중구발전을 위해 노력해야 합니다. 존경을 받으려면 남을 존경할 줄 알아야 합니다. 돼지 눈에는 똥만 보이고 부처의 눈에는 부처님만 보이는 것입니다. 눈앞에 보이는 것만 해서는 안 됩니다. 주민들이 의원으로 선출해 준 만큼 의정활동을 제대로 잘해야 합니다.”

◆ 주민들에게 당부하고 싶은 말씀은?

“코로나19 장기화와 경기침체로 모든 분들의 삶에 피로가 누적돼 있습니다. 어려운 시기에 디딤돌이 될 수 있도록 삶의 전 방위에 걸친 제도개선과 대책마련을 통해 구민들의 힘이 되고자 노력하고 있습니다. 후반기 또한 최선을 다해 저를 비롯한 9명의 의원들은 '상시의회'의 기치를 내걸고 공부하고 숙의하는 의정을 전개해 나가며 '일하는 의회'로서 생산적인 결과를 이끌어 낼 수 있도록 초심의 마음으로 돌아가 열심히 뛰겠습니다."

◆ 조영훈 의장 프로필(걸어온 길)

조영훈 의장은 중구 나선거구(신당5동·동화동·황학동)에서 4선(3대, 4대, 6대, 8대) 구의원으로, 제3대 중구의회 행정복지위원장, 제6대 중구의회 부의장, 중구의회 조례특위 위원장, 중구의회 윤리특위 위원장, 제8대 중구의회 전반기 의장으로 활동해 왔다.

그는 고려대학교 노동대학원 고위지도자과정 수료(논문제목 : 한국의 정보통신과 정보공개제도), 그동안 민주당지방자치발전위원장, 중구 도시계획 심의위원회 위원, 지방자치 전문가 자격증 취득, 한국신체장애인복지회 고문으로 활동하고 있다. 특히 19대 문재인 대통령 후보 정무특별위원장등을 역임했다. 저서로는 '길은 미래를 향해 열려있다' 등이 있다.

(2020.7.22. 중구자치신문)

　서울 중구의회 조영훈 의장은 제252회 중구의회 정례회 개회사를 통해 "중구에서는 위법과 불의가 판치는 부끄럽고 불행한 사태가 벌어지고 있다. 중구의회는 구민이 부여한 역할과 책임을 충실하게 이행하고자 한다. 그것이 중구발전과 구민 위하는 엄중한 소명"이라고 강조했다.

　조 의장은 "구청장은 지난 2월 말부터 지금까지 법과 규정을 무시하고 중구의회 모든 의사일정에 단 한 차례도 참석하지 않고 있다. 특히, 지난 6월 정례회에서는 민생과 관련한 수많은 긴급 현안을 처리해야 했음에도 구청장은 모든 의회일정에 관계공무원을 대신해서 자신이 직접 출석하겠다는 공문까지 의회에 보내놓고 구민의 대표인 의회를 우롱하듯이 모든 일정이 끝날 때까지 아무런 이유도 없이 의회에 일절 출석하지 않았다."고 지적했다.

이어 조 의장은 "시급한 민생안건 처리를 위해 법과 규정에 따라 의회가 수차례 요구했던 서류조차도 끝끝내 제출하지 않았다. 법과 규정을 준수하는데 누구보다도 모범이 되어야 할 행정기관의 수장이 위법한 행위로 직무를 유기했을 뿐 아니라 그 직권을 남용해서 소속 공무원들에게까지도 강제로 의회에 참석하지 못하게 지시하고 서류조차도 일체 제출하지 못하게 막음에 따라 결국은 직원들도 불법한 행위에 가담하게 된 것."이라고 덧붙였다.

조 의장은 "중구의회에서는 위법과 불의가 판치는 작금의 구정 상황을 이대로 묵과할 수 없기에 구민의 엄중한 뜻을 받들어 이를 바로잡고자 그 역할과 책임을 다 해 나갈 것을 약속드린다."고 말했다.

(2019.09.02 전국매일신문)

11일 오후 중구의회 의장실에서 가진 본지와의 인터뷰에서 조영훈 의장은 "아직 의원들과 논의한 바는 없지만 개인적인 생각으로는 이를 다시 자세히 살펴볼 필요가 있다"며 이같이 밝혔다. 다만 조 의장은 새로운 대안만 마련된다면 이를 부분적으로 수정해 보다 적극적으로 추진할 것이라는 단서를 달았다. 8대 중구의회의 첫 출발에 앞서 조 의장이 그 첫 단추를 어떻게 채우고 있는지 살짝 들어봤다.

◆ 의장에 선출된 소감은?

기쁨도 있지만 책임감이 더 무겁다. 12년이라는 오랜 의정활동 경험을 바탕으로 차근차근 해 나가겠다는 생각이다. 와서 보니까 7대 의회 의원님들도 잘 했지만 다소 흐트러져 있는 부분이 있다. 먼저 바로잡을 생각이다. 모든 사업이 투명하고 정확하게 절차에 따라 진행될 수 있는 기초를 세워 나가겠다.

◆ 의원들 간 화합의 분위기도 높다. 어떻게 하고 있나?

의회는 집행부와 관계도 그렇지만 의원들이 혼자 다 하려고 하면 안 된다. 나눠서 해야 된다. 여당이든 야당이든 모든 일은 구민들을 위해 하는 것이다. 그런 측면에서 원구성이 되기 전부터 야당 의원들을 만나서 쭉 얘기를 해 왔다. 소통 덕분에 원구성도 원만하게 진행됐다고 생각한다. 앞으로도 그렇게 할 것이다. 8대 중구의회는 이제 여야가 따로 없을 것이다. 여야는 선거

할 때 필요하고 의정활동에서는 화합과 소통이 중요하다.

◆ 앞으로 의회가 나아갈 방향을 제시한다면?

기본적으로 의원들이 잘 해야 구민들이 피해가 없다. 의회의 본분은 집행부에 대한 감시와 견제다. 여당이라고 해서 적당히 넘어가지 않겠다. 잘못한 것은 과감히 질책하고 시정할 수 있도록 해 의회답게 만들겠다. 그래야 공무원들도 '잘 해야겠구나' 하지 않겠나. 그렇다고 의회가 나태하거나 독점하지 않고 소통하고 화합하겠다. 의회가 공무원을 존중하고 공무원도 의회를 존중하는 분위기가 확산되면 그만큼 생산적이고 효율적인 업무처리가 가능할 것이라고 기대한다. 이것이 의장의 역할이 아닌가 생각한다.

◆ 구민회관 매각을 재검토하겠다는 말은 무슨 의미인가?

다시 살펴볼 필요가 있다고 생각한다. 살펴보고 매각해야 되는 원인과 이유가 있으면 매각해야 되겠지만 현재로선 그렇지 못하다. 매각하려면 이후 대안이 있어야 한다. 그러나 현재 그 대안이었던 구청 별관 신축사업이 백지화됐다. 이제는 구민회관 매각과 연계시킬 수 없게 돼버렸다. 이렇게 대책이 없는 상황에서 구민회관을 팔아서는 안 된다. 역대 중구에서는 청사관리금으로 1000억 원 가량을 모아 논 적이 있다. 그러나 구청 좀 고치고, 이런 저런 일로 다 써버렸다. 돈은 다 써 버렸는데 이렇다 할 결

▲ 〈전국동시지방선거 당선증 교부식〉

과물은 없다. 이런 식으로는 안 된다. 만약에 매각한다면 그에 대한 합당한 대안이 있어야 한다고 생각한다. 예컨대 미공병단 이전 부지를 매입한다면 그것도 하나의 대안이 될 수 있다.

◆ 미공병단 부지 매입을 대안으로 제시하는 것인가?

저는 좋은 대안이라고 생각한다. 현재 구청은 낡고 업무 공간도 부족하다. 이에 별관 건물을 신축하려 했다. 현재 미 공병단 부지는 4000평이 넘는다. 구청이 2000평 정도 되는데 장기적인 안목에서 이를 매입해 구청과 구의회, 보건소 등이 입주하는 행정타운을 만들면 이에 대한 대안이 될 수 있다. 특히 미 공병단 앞 훈련원 공원은 구청 앞마당이 될 수도 있다. 이런 대안을 가지고 계획을 잘 짠다면 좋은 방법이 될 것으로 생각한다.

◆ 서양호 구청장과도 협의가 필요해 보인다.

추후 만나서 논의하고 타진해 볼 예정이지만 서양호 구청장의 생각도 대동소이할 것이라고 본다. 장기적으로 의원들은 말할 필요도 없고 서울시와도 논의하고 당과도 논의하고 구민들의 의견도 청취해 좋은 결과를 이끌어 내도록 하겠다.

◆ 그 밖에 중구의 현안은?

지금 현장을 다니며 구민들의 의견을 폭넓게 듣고 있다. 다만 신당5동 동 명칭은 변경해야 된다고 생각한다. 화두는 이미 던져졌다. 현재 3가지 동 명칭이 거론되고 있는데 주민들이 많이 원하는 쪽으로 변경 논의가 시작됐다. 되도록 빨리 변경됐으면 하는 바람이다. 중립적 입장에서 도움 주는 역할을 하고 있다.

◆ 구민들에게 한마디

이번 지방선거에서 부족하지만 당선시켜 주신 주민여러분들에게 다시 한번 감사 인사를 드린다. 더 열심히 뛰겠다. 지난 12년의 의정활동 중 단 한 건의 민원도 놓치지 않았다. 앞으로도 그런 마음으로 열심히 뛰겠다. 도와주시고 믿어주시면 좋겠다.

(2018.07.11. 한강타임즈)

중구 재정, 어떻게 극복할 것인가?

지난, 8월 1일자로 21만 명의 인구 규모를 가진 미국의 샌 버나디노(San Bernadino)시가 공식적으로 연방법원에 파산이행조정신청을 했다. 샌 버나디노시는 스탁톤(Stockt on)시, 맴모스레이크스(Mammonth Lakes)시에 이어 올해 들어 파산이행조정신청을 한 캘리포니아주의 3번째 도시가 되었다.

사실 미국 전역에서 줄어든 세수에 비해 지출을 줄이지 못하여 파산 위기의 지방 정부들이 줄을 서고 있는 것이 현실이다. 그런데 왜 세계 제1의 경제대국인 미국의 도시에서 파산신청이 크게 늘어난 것일까? 이는 경기 침체의 지속과 부실한 도시에 대한 주 정부의 감독소홀, 지방 정부의 세수 확충 제한 등이 문제라는 지적이 나오고 있다. 이유야 여하튼간에 파산이행조정신청을 한 도시들은 채권 지불을 중지하고 직원들 복지를 삭감하며 비상 예산을 편성하고 있다. 지자체의 파산은 미국만의 이야기가 아니다.

일본 홋카이도에 있는 1만 3천 명의 유바리(夕張)시는 2006년 7월에 이미 파산을 선언했다. 유바리시의 파산은 다양한 축제 유치를 위한 과잉투자의 반복에서 그 이유를 찾고 있다. 지금 유바리시는 공무원을 절반 이상 줄이고 남은 공무원들의 월급을 절반으로 줄였으며, 적자를 만회하기 위해 세금은 늘리고 복지는 대폭 줄여 나가는 고통을 감내하고 있다.

우리 중구의 재정 현실도 심상치가 않다. 서울의 중심이며, 전국 최상위권의 재정자립도를 자랑하던 우리중구의 현실이야말로 현재 빛 좋은 개살구가 아닐 수 없다.

우리 중구는 그동안의 넉넉한 살림살이 규모나 씀씀이로 인해 지역주민의 기대치 수준이 매우 상승되어 있는데 2000년부터 추진된 수차례의 불합리한 세목교환 등으로 인한 막대한 재정손실과 운용악화가 초래됨에 따라 현재의 재정여건으로는 지역주민의 기대 수준을 만족시키기는커녕 오히려 재정지출을 대폭 줄이거나 수정해야 하는 지경에 처하고 말았다.

하지만, 부유한 가정이 갑자기 몰락하였다 하여 조상에게 올리는 기본적인 제수에 대하여는 그 양을 줄일지언정 아예 준비를 하지 않을 수 없듯이 그동안 추진해 왔던 구 살림살이의 규모나 수준에는 미치지 못한다 하더라도 축소되고 한정된 재원이지만 보다 많은 구민에게 그 혜택을 골고루 줄 수 있는 내실 있는 예산편성과 건전한 예산운용을 해야 할 것이므로 이에 대한 집행부의 고충에 더하여 이를 심의·의결해야 하는 구의회의 고민도 더욱 가중되고 있다.

우리 중구의 전년도 국세와 지방세의 세수구조를 살펴보면 국세가 13조 7,200억 원, 서울시세가 1조 110억 원인데 반해 우리 중구의 구세는 고작 1,100억 원에 그쳐 우리구가 부담하고 있는 국가적 수행업무와 서울시 수행업무의 비중에 비추어 보더라도 매우 불합리한 기형 구조로써 이에 대한 조정이 절실한 상황이다.

중구의 2011년도 총예산을 보면 기타수입을 더해 약 2,567억 원으로 구에서 거둬들인 구세의 큰 부분이 불합리한 세목교환 등으로 국가나 서울시에 그 몫을 내주고 있는 반면에 국비 273억 원, 시비 272억 원의 미약한 규모의 의존재원을 보조받는 데 그침으로써 현재 우리 중구의 발전 동력은 그 힘을 잃은 채, 필요하고 시급한 사업마저도 제대로 추진하지 못하고 표류하고 있는 실정이다.

우리 중구의 총예산 중 그마저도 인건비가 31.2%인 828억 원을 차지하는 등 경상적 제경비의 지출을 제외하면 실질로 가용할 수 있는 재원은 고작 4%도 안 되는 100억 원에도 채 미치지 못하여 재정 건전화 노력 등 특단의 조치가 필요한 위기 상황에 봉착해 있다.

서울의 타 자치구와의 제반 여건을 비교해 보더라도 향후 우리 중구의 재정여건은 그리 희망적이지 않다. 면적과 상주인구에 있어서는 최하위에 있고, 기본적 자산이 되는 구유재산도 극히 미진하여 이의 개발에 따른 재산적 가치의 상승도 기대할 수 없으며, 구도심권이 대부분인 지역환경 역시 막대한 예산 투입이 필요한 악조건으로 작용하는데도 이에 필요한 재원의 마련은 묘연한 상황이다. 이러한 재정악화는 예견된 것으로 필자는 이미 2005년 4월 29일 중구의회 본회의 석상에서 5분발언을 통해 향후 우리 중구의 재정악화에 대비한 세수확보 및 재정건전화를 위해 집행부가 최선의 노력을 다할 것을 강력하게 촉구한 바 있었지만 집행부의 안일하고 무책임한 대처로 결국 화를 키우고 말았다. 날로 악화되는 재정여건을 극복하기 위해서는 우리 중구의 특수한 환경으로 인한 재정 부담을 국가나 서울시에서 덜어 줄 수 있도록 하여야 한다.

우리 중구의 상주인구는 13만 명 남짓 되지만 하루 350만 이상의 국내외 유동인구가 방문하고 있는 바, 현재 우리 중구의 공무원 수가 단순히 상주인구와 대비해 볼 때는 주민 100명당 1명 꼴인 1,300명에 근접해 있어 타 자치단체에 비해 월등히 많은 것은 사실이지만 특수한 여건에 따른 행정수요의 규모를 감안한 것이므로 이에 따른 적절한 대처방안 마련도 시급하게 고민해야 할 것이다.

그러므로, 국가나 서울시에서 부담해야 할 기반시설의 유지 및 청소대행과 행정서비스 수요 등에 따른 소요예산을 열악한 구 재정으로 부담하고 있는 현실을 적극 개진하여 특별교부금 등의 지원을 반드시 관철시켜야 한다.

또한, 그 지역 재정의 근간이 되던 재산세의 비중이 약화된 상황에서 현재 경륜·경마·경정 등의 수입 9.3%가 해당 지방자치단체에 편입되는 식으로 일정비율의 국세와 광역시·도세도 교부금으로 편입될 수 있도록 관련 법률을 개정하거나 관계부처에 건의하는 등 대안 마련도 병행해 나가야 할 것이다.

이제 이대로는 안 된다. 더 이상 우리 중구가 악화된 재정위기를 이대로 방치한다면 필자가 앞에서 몇몇 선진국의 사례를 제시한 바와 같이 우리 중구 역시 얼마 후면 공무원의 인건비도 제대로 지급하지 못하는 초유의 사태가 일어날 수 있음을 절대 잊어서는 안 된다. 필자는 우리 중구의 재정 위기를 타개해 나갈 수 있도록 국가와 서울시 그리고 중구가 연계할 수 있는 총체적인 진단을 위해 우리 중구에서 먼저 전문기관을 통한 용역결과를 마련하는 등 제반 절차를 거친 후에 국가와 서울시와의 협의로 집행부가 소기의 목적을 달성하는 데 적극적으로 임해 주기를 다시 한번 당부한다.

(중구신문 의원논단, 2012. 11. 21.)

■ 특별인터뷰 / 중구의회 조영훈 부의장
"선출직 공직자 협의체 만들자" 제안

"중구발전을 위해 허심탄회하게 논의할 수 있도록 국회의원, 구청장, 시·구의원 협의체를 만들어야 합니다"

중구의회 조영훈 부의장은 지난달 28일 본지 기자와 만난 자리에서 "중구발전을 위해서는 여야가 따로 있을 수 없다"며 "주민들의 대표인 선출직 공직자들이 자주 만나 현안문제를 허심탄회하게 논의해야 한다"고 주장했다. 그 제안의 배경에는 세목교환과 재산세 공동과세 등으로 인해 심각한 재정감소가 우려되고 있고, 국립중앙의료원 이전 등 중구현안문제가 산재해 있기 때문인 것으로 보인다.

▲〈정월대보름 맞이 광통교 다리밟기〉

▲ 〈이낙연 대표 및 남대문시장 상인대표와 간담회〉

　중구는 2011년 구세인 사업소세가 시세로 전환되고, 시세인 등록세가 구세로 전환되면서 매년 재정적자폭이 늘어나 2014년 에는 340억 원, 징수교부금 기준 변경으로 내년에는 109억 원, 2008년 시행된 재산세 공동과세로 인해 128억 원, 관광호텔 감 면시행으로 인해 23억 원 등 내년에는 총 601억 원의 재정감소 가 예상되기 때문이라는 것.

　조 부의장은 "이를 타개하기 위해서는 중구를 제주특별자치도 나 세종특별자치시처럼 중구도 '관광특별자치구'로 만들어서 독 립된 기관이 돼야 한다"며 "현재 중구는 대한민국에서 유일하게 명동, 남대문, 동대문 관광특구 등 3개의 관광특구가 지정돼 있 기 때문에 협의체에서 심도 있는 논의를 거치고 역할분담이 제 대로 되면 충분히 가능하다"고 역설했다.

그는 "서울의 중심 중구에는 현재 서울을 찾는 외국 관광객들의 75%가 중구를 방문하고 있고, 이로 인한 관광인프라 구축은 물론 새로운 쓰레기 처리 시스템 도입이 절실하다"며 "중구에서 국세는 13조 7천 200억 원(2011년 기준), 시세는 1조 1천 846억 원(2012년 기준), 구세는 1천 35억 원(2012년 기준)으로 관광특별자치구가 되면 재정이 충분히 확보돼 중구발전을 효과적으로 도모할 수 있다"고 강조했다.

실제로 제주특별자치도는 '지방자치법' 2조를 개정, '제주특별자치도 설치 및 국제자유도시 조성을 위한 특별법'을 제정해 2006년 7월 1일 전국 유일의 특별자치도로 거듭났다. 이와 함께 교부세의 법정률(3%)화, 균특회계의 제주계정 설치로 재정의 자율성을 높이고, 성과주의 예산제도를 통해 재정의 책임성을 강화해 합리적이고 효과적으로 운영되고 있다는 것.

그리고 관광3법 일괄이양과 자치입법권 강화, 자치경찰 도입으로 치안확보는 물론 영어교육도시로 지정, 국제학교 설립·운영의 자율성을 확보해 현재 학부모와 학생들이 제주도로 몰려들고 있음을 감안할 때 중구는 충분히 '관광특별자치구' 지정의 가치가 높다는 것이다.

(중구자치신문, 2013. 10. 2.)

◆ 1년 동안 활동 소감

　3선이라는 막중한 책임감으로 제6대 중구의회에 들어와서 후
배의원들에게 모범이 되는 의정활동을 펼치고자 처음 의원배지
를 달았을 때의 초심을 잃지 않고 지난 1년을 보내온 것 같다.
투명하지 못한 행정에 대해서는 날카로운 비판의 목소리도 높였
으며 지역발전을 위한 현명한 대안을 제시하고자 공부도 게을리
하지 않았다.

　현재 8명의 의원 모두가 각자의 위치에서 최선을 다해 활동해
주고 있다고 생각되지만 의회가 원만하게 의원들끼리 중지를 모

아 운영되어야 함에도 의견이 대립되는 사안마다 표결을 통해 결정되는 모습을 보면 안타까운 마음도 든다. 모든 의원들의 의견이 같을 수는 없지만 대화를 통해서 합의점을 도출해 내는 것도 중요하다고 생각한다. 이런 점을 위해 좀 더 노력하고 앞으로 중구발전을 위하고 주민을 최우선으로 생각하는 의정활동을 펼쳐 가겠다.

◆ 중점 활동 계획

새로 취임한 구청장이 모든 주민을 하나로 아울러서 편안한 중구를 만들어 갈 수 있도록 힘을 보탤 부분은 힘을 보태고, 못하는 부분에 대해서는 따가운 질책을 아끼지 않겠다. 중구 재정이 갈수록 어려워지고 있어 어떻게 하면 알뜰하게 구 살림을 꾸려 나가고 또 서울시나 국가로부터 예산 지원을 받을 수 있을 지에대해 모두가 머리를 맞대고 고민해야 한다.

도심 한복판에 위치한 중구는 서울시나 정부 사업을 대행해 주는 격이 많은 만큼 이에 대해 정당한 대가를 요구해야 한다. 이에 구 재정을 늘릴 수 있는 다양한 방안에 대해 함께 고심해 나갈 생각이다.

경제가 어려워지면 차상위 계층이나 틈새계층의 체감경기는 더 힘겹다. 이들을 위한 복지에 힘쓰는 한편 중구민 전체가 편안하고 행복하게 생활할 수 있도록 전반적인 복지 문제에도 관심을 기울일 것이다.

지역적인 현안으로는 신당6동 현대아파트 인근에 공영주차장 건립을 위해 중점 노력하는 한편 황학동 중앙시장의 주차문제 해결에도 발 벗고 나설 것이다. 신당5동과 6동에서 진행 중인 재개발사업이 올해 연말 마무리되어 안심하고 입주할 수 있도록 살펴보겠다.

(중구자치신문, 2013. 10. 2.)

■ 인터뷰 / 중구의회 윤리특위 조영훈 위원장
"윤리특위 가동되는 일 없었으면"

"윤리특위를 조직한 취지는 중구의회 9명 의원 전원에게 의원으로서의 윤리적인 자기 관리를 요구하는 것이지 윤리특위 위원장이 무소불위의 권력을 가진 것이 아닙니다"

지난 25일 열린 제187회 중구의회 임시회 제2차 본회의에서 구성된 윤리특별위원회(이하 윤리특위) 위원장으로 선출된 조영훈의원은 "불의의 사안이 생길시 회의일정을 잡고 본 회의를 열고 구성해야 했던 과거의 윤리특위와 달리, 발생한 일에 대해 특위를 바로 가동해 조사하고 처리하고자 하는 의도로 윤리특위가 구성됐다"고 밝혔다.

특히 조 위원장은 지난 제186회 임시회에서 당과 정치를 떠나 중구민을 위한 의정 활동을 강조하면서 "다선 의원인 김수안 의장과 함께 중구의회의 화합에 책임감을 느낀다"고 말한 바 있다.

그는 "다선, 다수당 의원으로서 현재의 중구의회가 과거 의회가 보여준 부정적인 면을 벗어나야 한다"며 "의원들은 자신이 가진 책임을 다해야 하는 것은 물론 소수의 의견도 경청하고, 밀어붙이기 식의 강행이 아니라 설득하고 양보하며 화합해 나가는 것이 결국은 중구민을 위한 일"이라고 강조했다.

조 위원장은 "전국 의회 최초로 상정된 구청장 권한 대행 인사 교류 촉구 결의안 역시 마찬가지로 표결을 통해 처리했다면 강행 처리 됐겠지만, 의원들과 충분히 협의하고 설득하고, 양보를 통해 타협점을 찾을 수 있었다"고 덧붙였다.

윤리특위 위원장으로서의 각오를 묻자, "물론 외부에서 봤을 때는 과거 사례와 달리 먼저 윤리특위를 조직했다는 사실 자체를 부정적인 선입견으로 볼 수 있겠지만, 반대로 윤리특위 구성을 통해 의원들 각자에게 자신을 돌아보게 하고 불미스러운 일을 미연에 방지하는 예방책이라고 생각하면 긍정적일 것"이라며 "윤리특위가 구성되긴 했지만, 위원장으로서 임기가 끝날 때까지 윤리특위가 무용(無用)해지고, 위원장이 활동하는 일이 없었으면 한다"고 말했다.

제6대 중구의회의 현안과 방향에 대해, "의회는 집행부의 예산을 심의, 감시 감독하는 중요한 역할을 수행하는데, 세목교환 등으로 중구의 살림이 어려워진 형편"이라며 "이럴 때일수록 의회가 더욱 철저하게 예산 관리와 집행에 대해 관심을 기울여야 하고, 4 27 중구청장 재선거를 통해 선출될 구청장과 집행부, 의회가 한뜻으로 화합해 구민에게 위임받는 정치적 요소를 올바르게 사용해야 한다"고 밝혔다.

예산과 관련, 조 위원장은 "중구가 당면한 가장 시급한 문제는 결국 살림살이에 관한 것"이라며 "의회 차원에서 교부금을 제공받는 등 살림을 좀 더 넉넉하게 할 수 있는 방안을 모색해야 하는데, 이번 충무로국제영화제 예산 삭감 역시 불가피했다"고 말했다.

(중구자치신문, 2011. 3.)

조 의원은 3선의 경륜으로 지역 현안에 대한 문제점을 파악해 개선안을 제시하는 등 탁월한 의정활동으로 동료의원들의 모범이 돼 왔다. 3~4대 중구의회 의원 재직 당시 노인복지기금조례, 공동주택지원조례, 생활체육기금조례, 생활체육인지원조례 등을 다수 제정했으며, 2004년에는 조례정비특별위원장을 맡아 당시 39건의 조례를 정비해 일명 조례박사라는 별명을 얻을 정도로 조례 정비활동을 왕성하게 추진하고 지역주민의 삶의 질 향상과 중구발전을 위해 노력해 온 공로를 인정받았다.

제4대 의원으로 재직 당시에는 유동인구를 고려하지 않은 불합리한 지방세제 개편으로 인해 점차 중구의 세수결함이 심각할 것을 예측해 집행부에 세수확보 대책마련을 촉구하기도 했다. 지방세제개편으로 인해 2011년도 중구 세수감소에 따른 재정손실이 예상됨에 따라 지난 10월 '불합리한 지방세제 개편 시정촉구 결의문'을 제안함과 동시에 자주재원 감소분에 대해 전액 보전해 줄 것을 관계기관에 강력히 촉구하는 주민서명운동을 전개하는 등 지역발전을 위해 솔선수범해 왔다.

서울시에서 추진하고 있는 남산 르네상스사업에 따른 중구민이용 체육시설 일방적인 철거를 반대하는 주민 의견을 수렴하기 위한 주민서명운동과 함께 11월에는 주민대표 단체인 주민자치위원장협의회 및 통장협의회장과 함께 지역현안에 대해 함께 논의하고 토론해 지역현안을 해결하고 발전방안을 모색하는 '구의원과 주민단체 간담회'를 추진하기도 했다.

조 의원은 집행부의 주요 현안사업에 대해 적극적인 정책대안을 제시하고, 지방의회 비교시찰을 통해 선진의정을 구현하는 데 노력했을 뿐만 아니라 타 지역의 사례를 벤치마킹해 중구 의정에 접목시켜 행정복합타운 건립 필요성을 제기하기도 했다. 또 2011년 예산결산위원장에 선출돼 부족한 예산을 적재적소에 배분했다는 평가를 받고 있다.

(시민일보, 2010. 12. 23.)

"부족한 예산 적재적소 배분할 터"

 금년도보다 9.9%인 288억 4천 512만 원이 감소한 내년 예산을 어떻게 적재적소에 배분하느냐가 가장 중요한 핵심입니다"

 지난 22일 열린 제185회 중구의회 정례회에서 2011년도 새해 예산안을 심사할 예산결산위원장(이하 예결위원장)에 선출된 조영훈 의원은 이렇게 밝히고 "노인 등 소외계층과 그늘진 서민들의 복지예산은 반드시 챙기겠다"고 밝혔다. 그는 "부족한 예산으로 인해 이번 예결위원장 역할은 매우 힘들 것으로 예상된다"며 "동료의원들과 지혜를 모아 좋은 결실을 맺을 수 있도록 노력하겠다"고 밝혔다.

 내년 충무로영화제 예산 10억 편성과 관련, "금년 예산을 어렵게 통과하면서 했던 약속은 반드시 지켜져야 한다"고 강조했다. 이는 지난 추경당시 첫째, 중구의회에서 영화제 예산을 통과하면 서울시에서 보조금을 받고 나머지 3억 원 정도는 반납하고 둘째, 충무로영화제 추진위를 법인으로 정관을 개정해 중구와 관계없이 하고 셋째, 2011년 예산은 반영하지 않겠다고 약속한 부분을 상기한 것이다. 따라서 조 위원장은 "이러한 약속을 토대로 영화제 예산을 심의할 수밖에 없지 않겠느냐"면서 "법인서 운영방법을 강구해야지 민간으로 이전된 법인에 출연금 10억 원은

곤란하다면서도 예산을 반영한다면 반영한 만큼 어떤 역할이
필요하지 않겠느냐"고 말했다.

조 위원장은 "제6대 의회 첫 예산인 만큼 다선의원으로서 예
산심의에 모범을 보일 필요가 있다는 생각으로 동료의원들이 위
원장에 선출해 준 것 같다"며 "불요불급한 소모성 경비는 없는
지 선심성, 일회성 경비는 없는지를 주민입장에서 면밀히 점검해
심의토록 하겠다"고 밝혔다.

제5대 의회에서 밤샘심의가 많았던 부분과 관련, "상황이 어쩔
수 없을 경우를 제외하고는 예산심의를 그렇게 해서는 안 된다"
면서 "의회나 공무원들도 서로 존중하고 예산심의를 해야 하는
만큼 예결위원장으로서 심판관 역할만 하겠다"고 강조했다.

조위원장은 특히 "박형상 구청장이 조금만 더 일찍 업무에 복귀했다면 시예산 반영 등 예산이 제대로 편성됐을 것"이라는 아쉬움을 토로하면서도 "전시성 예산 등을 삭감해서라도 한 푼도 편성되지 않은 노인 일자리지원 사업 등은 반드시 확보토록 하겠다"고 말했다. 그는 또 "이번 예산에서 삭감은 될 수 있는 대로 지양하되 예산을 반영하지 않으려면 100% 삭감하고, 적당하게 삭감해 자투리예산은 만들지 않겠다"며 "일할 수 있는 것은 확실하게 일할 수 있게 해주고 아니면 전액 삭감토록 하겠다"고 강조했다.

(중구신문, 2010. 11.)

조영훈의 말, 말, 말

"의원님, 저도 한 말씀 드리겠습니다. 정당의 당헌 당규는 필요에 따라서 개정할 수 있습니다. 그건 더불어민주당뿐만 아니라 국민의 힘, 국민의 당 어떤 당도 필요에 따라서 개정하지요. 그리고 우리는 내 손톱 밑의 가시만 생각하지 말고 남의 손톱 밑의 가시도 좀 생각해야 됩니다. 10년 전 오세훈 시장께서 아이들 밥 주는 것, 밥 먹는 것, 무상급식을 걸고 시장직을 사퇴했습니다. 그때도 이만큼 돈 들었습니다, 보궐선거에. 이런 것도 좀 참고해 주시기 바랍니다."

(2021. 3. 10. 중구의회 임시회)

"말씀드리고 싶은 것은, 이렇게 우리가 계약을 잘못해서 한번 당했으면 다음 계약은 더 신경을 써서 좀 잘했어야 되지 않겠습니까? 그런데 그 다음에 또 우리은행하고 계약을 했는데 회장이 그만뒀다고 해서 일을 못하게 됐다, 이렇게 됐습니다. 똑같은 실수를 연달아 했다 이 말입니다.

이런 공무원들은 제재를 해야 돼요. 징계가 되어야 합니다. 일 잘하는 공무원은 우대해 주고, 일 잘 못한 공무원은 징계를 받아야 되는데 아무 것도 없었습니다. 잘못이 생기면 추후 다시 발생하지 않도록 경종을 줘야 되는데 그런 일이 이루어지지 않았어요. 징계를 준다는 것은 그 사람이 미워서가 아니라 앞으로 더 잘하게 하기 위해서, 또 상을 주는 것도 더 잘하게 하려고 주는 것 아닙니까? 앞으로는 반드시 그런 풍토가 조성돼야 합니다."

"구청에서 뽑아준 전문위원이 평소 일 안 하고 놀다가 월급 타고, 일 있을 때는 병 있다고 가고, 이렇게 해 오다가 급기야 어제는 무단이탈을 했습니다, 지금 이 순간까지 말입니다. 이 문제는 집행부에서 책임져야 됩니다. 이렇게 훌륭한 사람을 뽑아줬으면 훌륭하게 일하게끔 책임을 져야죠. 앞으로 다시는 이런 일이 없도록 처리해 주시기를 바라고 오늘부터 전문위원이 없어서 행정·보건위원회 일을 할 수가 없습니다. 일을 할 수가 없으면 구청에서 제출된 안건 심사보고를 하지 못해서 처리할 수가 없지요. 참고해 주시기 바랍니다."

(2020. 12. 10. 본회의)

"주민들께서 구청장님과 우리 의원들을 뽑아줄 때는 중구민의 세금으로 같이 구정을 잘 이끌어가라, 또 그 구정을 이끌어 가는데 방향이 틀리면 방향을 잡아줘라, 구민의 재산을 지키라고 뽑아줬어요. 그런데 구의원들은 뭘 가지고 의정활동을 합니까? 법으로 정해진 자료를 달라고 그러는데 자료를 안 주면 의정활동을 할 수가 없어요. 자료를 안 주면 범죄행위입니다, 범죄행위. 자료를 안 주는 과, 부서는 범죄행위를 하고 있는 거예요.

오늘 중으로 자료 달라고 그러는 거 다 주지 않으면 범죄행위로 고발하겠습니다. 자료 달라는데 왜 안 줍니까? 그리고 자료를 왜 조작합니까? 어제 내가 어떤 자료를 하나 보니까 차량으로 경기도 화성 갔다 온 것이 백 몇 십 킬로고, 저기 충청도 금산 갔다 온 것이 80킬로예요. 이렇게 자료를 조작해서 준다 이 말이에요. 어떻게 의정활동 하라는 겁니까?

(2020년 12월 10일 본회의)

"우리 의원님들 발언시간은 20분을 초과할 수 없으며, 보충질문은 10분을 초과할 수 없도록 중구의회 회의규칙 제65조의 2에 규정하고 있으며, 시간이 경과되면 마이크는 자동으로 차단되므로 의원님들께서는 정해진 질문시간을 초과하지 않도록 유의하시기 바랍니다. 하지만 여러분이 꼭 하고 싶은 얘기, 구민이 듣고 싶은 얘기가 있다면 시간초과해도 무방하겠습니다."

(2020. 06. 24. 본회의)

"20여 개월 되는 동안에 오늘 최초로 한 쪽 의원님들만 모시고 본회의를 하게 되었습니다. 서글픈 일입니다. 여기 앉아계신 우리 의원님들, 저를 포함해서 반성하셔야 됩니다. 구청장과 대립각을 세울 때는 의원님들이 같이 따라줘야 되는데, 가서 살살 얘기하고. 의원들이 할 일이 아니에요. 의원들이 의회에서 제대로 된 의정활동을 해야지, 의장이 뭐 한마디만 해도 바로 구청장한테 전화해서 "의장이 지금 이런 얘기 하고 있습니다." 이런 판국이에요. 의원이 뭐하는 겁니까? 의회가 무슨 일을 한번 딱 한다면 야당은 따라서 하는데 여당이 안 따라하는, 이런 의원들이 어디 있냐 이 말이에요! 집행부의 시녀가 돼서는 안 돼요! 오늘처럼 해줄 것은 마음대로 해 주고, 안 되는 것은 절대 안 돼야 합니다.

우리끼리 할 일이 있고 구청장과 같이 할 일이 있는 거예요. 여당이라고 다 같이 하는 겁니까! 무슨 의회가, 무슨 의원들이 구청장 밑에 가있습니까? 여러분이 의장 되면 여기 더 높은 자리에 앉아서 하는 거예요. 의회가 감시감독을 하기 때문에 더 높은 자리에 앉는 겁니다. 제발 좀 감시감독 잘 할 수 있도록 반성하고 앞으로 절대 그런 일이 없도록 해주시기를 간절히 소망합니다."

(2020. 03. 04. 본회의)

▲ 〈광희문 도로, 인도 현장〉

"광희동 일대 사진입니다. 광희문. 8000만 원을 들여서 용역을 하고 18억을 들여서 공사했습니다. 녹지축을 좀 줄여서 인도를 넓히고, 도로를 줄여서 인도를 넓혔는데 여기 가서 한 시간만 서 계셔 보세요. 사람 50명도 지나가지 않아요. 이 명소사업을 왜 했습니까? 자, 18억을 들여서 공사한 것이 무엇입니까?

용역 8000만 원 들여서 한 것이 무엇입니까? 그리고, 다시 한 번 보여 주세요. (자료 화면 제시) 전봇대 있는 거 좀 보여주세요. 이 전봇대, 전봇대 밑에 전선을 묻어놨어요. 전봇대 밑에 전선을 묻어놓고, 위에다가 전봇대를 다시 세워놨어요. 대한민국 수도 서울 중구에서 전선을 땅에다 묻고 전봇대를 그 위에다 세우고 전깃줄을 저렇게 늘어놓은 곳, 대표적인 실패작입니다. 이래도 되는 겁니까? 예산 없다고 하면서 이렇게 사업을 해도 되는 것입니까? 하는 건 좋은데 제대로 헛돈 쓰지 말고 해야 될 것 아니요! 아, 땅에다 전신주 묻어놓고 위에 전봇대 세워놓고 그런 사업이 명소사업이요? ('앞으로 열심히 해서 의원님 마음에 꼭 들게끔 해나가겠습니다.'라는 대답에) 내 마음에 들게끔 해달라는 소리가 아니고, 적은 돈으로 크게 효과가 날 수 있도록 해야 한단 말입니다."

(2013. 12. 2. 정례회의 / 2013. 12. 09. 예결위)

"괜히 말싸움하지 말고 빨리빨리 현장을 가보려면 가보고, 빨리빨리 결정을 해야지 이것만 가지고 하루 종일 있을 거요? 아니, 현장 갔다 온다면서요? 현장 갔다 오시라니까요. 현장 갔다 와서 해요."

(2013. 12. 6. 정례회의)

"아, 예산이 부족하면 안 써야지, 부족하다고 쓰는 게 어딨어? 주어진 대로 해야지. 그런데 책임도 안 지고 또 다시 그 예산 가지고 와서 또 달라, 말이 되는 얘기냐 말이야, 말이. 책임을 지고 구청에서 "우리가 잘못했습니다." 이렇게 하고 뭘 내야 될 거 아니요? 아무도 책임지는 사람 없고. 감사도 시키지도 않고 말입니다. 자치행정과 업무추진비 전체 다 깎아도 할 말이 없어요, 구청에서. 잘못했으면 잘못했다는 표시 하나라도 내고 뭘 해야지 말이지, 그래놓고 와서 예산 달라 그러면 누가 예산 주겠어! 의원들 왜 뽑아놓은 거요? 구청 잘못한 거 감시감독 하라고 뽑아놓은 거 아니요, 이럴 거면 왜 뽑아요?"(2013. 12. 10. 정례회의)

▲ 〈중구의회 제210회 정례회 2차 본회의 구정질의〉

"우리 중구가 앞으로 없어지지 않는 한 여러분들 후배가 또 이런 일을 할 것이고 그래서 우리 중구청 공무원들이 정년퇴임 후에 중구청에서 무슨 일을 어떻게 하다가 퇴임하셨냐고 누가 물어보면, 내가 우리 중구민을 위해서 이런 일을 했노라고 정말 자신 있게 이야기할 수 있는 공무원이 되어줬으면 좋겠다는 이야기를 한 적이 있어요. 모두 앞으로 남은 기간 동안 그렇게 열심히 해 주실 것을 부탁드립니다."

"될 수 있으면 암은 안 걸려야 좋은데, 내가 암 걸려서 수술해 보니까 굉장히 힘들거든요. 그러니까 나 같은 사람은 필요 없지만 이 저소득층인데 희귀병이나 암에 걸리신 분들은 꼭 찾아서라도 지원을 해주는 것이 좋겠다, 예산 남았다고 반납하는 것보다는. 그러니까 금년 얼마 안 남았는데 홍보를 잘 하셔서, 몰라서 못 받는 사람들 없게끔 각별히 신경을 써주십시오."

(2013. 11. 26. 행정사무감사)

▲ 〈중구의회 장충초등학교 급식 봉사〉

"그러니까 공립초등학교 9개에 대해서 친환경쌀로 하면 1식에 50원꼴 더 들지만 지원한다 그런 얘긴데, 요새 못된 사람들은 중국산 사다가 국산하고 섞어서 팔기도 하고 그런다는데 이 사람들이 진짜 우리 아이들을 위해서 정말 친환경쌀을 사다가 밥을 해 주는지, 돈만 받고 안 해주는지 실제 구입처가 어디인지 그런 걸 우리가 잘 관리해야 되지 않겠습니까.

돈 더 주는 게 능사가 아니고 실제 친환경쌀 어디서 구입을 했나 그것도 챙겨보고 또 팀장님이 가서 쌀 푸대 이렇게 한번 들춰보는 것도, 만약에 그 사람들이 제대로 안했다면 그럴 때 뜨끔하단 말이요. 그래서 고칠 수 있도록 자꾸 그런 걸 해야 된다 말입니다. 돈만 주면 해결되는 게 아니고 우리 아이들, 좋은 밥 먹이려고 기껏 돈 더 줬는데 좋은 밥 안 먹이면 안 되잖아요. 그러니까 영수증도 좀 보고 우리 팀장님이 가서 한번 쌀도 한번 싹

이렇게 집어보고, 그러면 가슴이 뜨끔하잖아, 만약에 안 샀으면. 그런 걸 하란 말이에요."

"보십시오. 우리 중구만 한 예산을 가진 지방자치단체, 인구는 중구만 한 인구를 가진 지방자치단체 전국에 있는 지방자치단체 한번 샘플로 몇 군데 뽑아가지고 한번 봐요. 공무원 수가 몇 명 인가? 우리 중구하고 비슷한 공무원 수가 600명, 700명밖에 안 돼요. 우리는 지금 1200명, 1300명. 거기다 또 시설관리공단 100명. 지금 내년도 월급이 38%인가요? 우리 예산 대비. 일반기 업이면 이 정도면 2년만 지나면 망해버려! 구민이 내준 세금 가 지고 공무원들 월급 주다가 끝나는 거예요."

(2013. 11. 25. 행정사무감사)

"지금 말씀하신 그런 데에 돈 주면 안 돼요. 잘못한 데를 뭐 정리가 됐다고, 다른 데 줘야지, 잘할 수 있는 데! 돈 받고 집행을 잘 못했는데, 자활사업을 했는데 잘 못했었잖아요. 잘 못했는데 뭐 이것 고치고 저것 고쳤다고 해서 거기 또 돈 주지 말고 잘하는 데 돈 더 줘야 할 것 아닙니까, 잘하는 데를!"

(2013. 11. 05. 예결위)

"그리고 이렇게 숨기고 하면서 어떻게 우리 구청 공무원에게 견제와 감시 기능을 할 수 있겠습니까? 우리 공무원들이 말 듣겠습니까? 이렇게 숨기고 감추고 하면서! 절대로 안 됩니다. 이거에 대해서 책임을 지시고 변상도 하시고 해야 할 것입니다. 집행부에게만 잘못한다고 우리가 꾸짖을 수가 없어요. 집행부를 견제, 감시하려면 우리 먼저 견제, 감시할 수 있는 기능을 갖추고 해야 하는 것입니다."

(2013. 06. 26. 본회의)

"하나만 제가 말씀드리겠습니다. 비 많이 왔을 때, 눈 많이 왔을 때 녹아서 도로, 인도 이런 데가 사람 다닐 수가 없는 데가 있어요, 물이 막 고여 가지고. 보도블록을 잘못 깔아서 그러거든요. 그걸 좀 토목과하고 유기적인 협조를 해서요, 바로 전에도 제가 여기 걸어오다가 눈 많이 왔을 때 여기 국립의료원 앞에 택시 서는 데 있잖아요? 거기가 패여서 물이 고여서 어디로 갈 수가 없어. 그때 한참 눈 많이 왔을 때, 그런 데가 많아요.

내가 상당히 많이 걸어 다니거든요. 걸어 다니면서 보면 인도가 잘못 깔린 거예요. 보도블록을 이렇게 깔아야 물이 이렇게 흘러들어갈 텐데 이렇게 해놓으니까 가운데가 물이 고여서요. 잘못된 데는 얼른 좀 고쳐야지, 서울 중구가 질퍽질퍽하고 그러면 안 되잖아요."

(2013. 02. 18. 복지건설위)

"구청은 예산을 편성할 수 있는 편성 권한이 있습니다. 의회는 그 예산을 심의 의결할 수 있는 권한이 있습니다. 그 심의 의결된 예산은 구청에서 집행을 하는 것입니다. 그 집행된 예산을 우리 의회는 감시 감독할 수 있는 권한이 있습니다.

그런데 의회에 제출되어서 삭감된 예산을 구청장 방침으로 썼습니다. 전국 230개 지방자치단체에서 단 한 건도 이루어지지 않은 사실입니다. 지방자치를 전면 부정하고 무시하는 행위일 수밖에 없습니다. 만약 책임 있는 답변이 없다면 예산심의를 거부하겠습니다. 그리고 한 말씀드리겠습니다.

어느 분이 좋은 글을 남겼지요. '눈 덮인 길 앞서가는 사람은 바르게 걸어야 한다.' 뒤 따라 오는 사람들의 이정표가 되기 때문일 것입니다. 서울시에서 주요 보직을 거쳤고 부시장까지 역임한 청장께서는 후배 공무원들이 많을 것입니다. 중구청 1200, 1300명 공무원들은 청장의 부하일 것입니다. 중구청이 없어지지 않는 한은 중구청 자리는 누가 맡아도 영원할 것입니다. 앞서 가는 구청장께서 뒤따라오는 사람들의 이정표가 되는 일을 해 주실 것을 간곡하게 충언드립니다."

(2012. 12. 03. 본회의)

"신당5동 공영주차장 그 지하 체육시설, 시설관리공단에 위탁을 줬는데 시설관리공단이 또 민간인한테 위탁을 줬다… 좋은데, 1층은 말이요. 핸드폰 팔다가 또 요새는 할인마트를 크게 하니까 우리 조그만 마트 하시는 주민들은 구청 건물에 이런 걸 하냐고 얘기합니다. 아니. 우리 구에서 주민들한테 피해를 주는 세를 놓으면 안 되잖아요, 주민들한테 도움을 주는 세를 놔야지. 핸드폰 파는 데는 별로 없으니까 핸드폰 매장은 그렇다 쳐요. 근데 거기 뭐 대파까지 다 파는 마트가 있으니까. 주민들이 다 싫어하는 걸 구에서 나서서 그렇게 하면 되겠습니까."

(2012. 12. 06. 복지건설위)

"지금 우리 구에 이 석면이 엄청나게 많이 있어요. 이 바로 뒤에 시장만 가도 전부 위에 석면이야, 위에 해 놓은 것이. 그런데, 다른 구는 지금 주민들이 쓰고 있는 것도 다 조사를 하고 있는데 우리는 구 소유 건축물하고 구립 어린이집하고 해서 달랑 114개소만 조사한다구요?

구에 있는 것을 다 조사를 하는 거지! 지금 어린이집 건물에 무슨 석면이 얼마나 있겠어요! 말이 돼는 소리를 하셔야지. 우리가 국가에다가 '이렇게 조사를 해보니까 이렇게 있으니까 이거 돈 주세요. 이거 빨리하게' 이런 촉구를 해야지, 지금 과장님이 말씀하신 대로 우리 구 소유건물만 조사한다면 말이 안 돼요.

우리 구민이 우리 구 소유 건물만 왔다갔다합니까? 개인소유라도 다중이 이용하는 곳은 다 조사해야 할 거 아닙니까! 이 뒤에 시장만 가도 다 석면이에요, 우리가 조사를 해서 그 사람들이 고치게끔 국가로부터 지원을 받도록 해주는 것, 그게 우리 업무잖아요. 그렇지 않아요?"

(2012. 12. 05. 복지건설위)

"(집행부에게) 특별한 일이 없어도… 평소에 와서 차도 한잔 먹고 과 현안도 논의하고 서로 걱정하고 여러 가지 얘기들을 하잖아요? 그런 노력을 했으면 좋겠습니다. 큰 테두리에서요. 예를 들어 우리 소위원장 방에 가서 차 한 잔 먹으러 왔습니다, 하고 와서 이런 얘기, 저런 얘기 살아가는 얘기 하다 보면 업무 얘기도 나오거든요. 그런 것은 아무리 바빠도 하시라는 얘기입니다."

"그래놓고 의원들한테 설명도 안고 이렇게 한꺼번에 조급해서 했다든지, 마땅한 땅이 이제 나와서 어쩔 수 없이 급하게 했다든지 뭔 설명이 있어야지, 그냥 엿장수 맘대로 하듯이 그냥 해도 의회에서 그냥 막 해 줄 것 같아요! 우리 의원들 바보 만들어 버리면 안 되잖아요! 맨날 다음부터는 잘한다고 그러고. 맨날. 이게 뭐요, 이게! 이건 안 돼! 이건 예산 못 줘!"

(2012. 12. 12. 예결위)

"그러니까 이런 돈을 주면 우리 중구 49개 노인정 회원들한테 전부 골고루 혜택이 갈 수 있도록 해야 된다는 말이에요. 그런데 회장들만 불러다가 밥 사주고 선물주고 이게 무슨 혁신이에요? 차라리 이거 삭감해서 경로당에 100만 원씩이라도 더 주는 거지. 경로당 어른들을 모시려면 어른들을 제대로 모셔야지, 회장들만 모시는 예산이 무슨 그런 예산이 있느냐는 말이에요! 누구한테 가서 물어봐도 어르신들 고루 다 잘 모셔야지, 특정 분들만 모시면 되냐 이 말이에요!"

(2012. 12. 11. 예결위)

"내가 볼 때는 괜히 예산서에 이렇게 특정종교로만 항목을 쓰면 구민들이 소외되는 느낌을 받을 수 있다, 이것 다 거의 천주교나 불교는요. 개신교는 다른 데 사는 분들도 와요. 그런데 천주교나 불교는 여기 사는 사람들이 주로 많이 하기 때문에, 그러한 것에 나중에 예를 들어 천주교 같은 데서 소외되는 느낌을 가질 수 있잖아요.

나는 교회도 절도 안 다녀요. 우리 집사람은 절에 다니지만 나는 안 다니는데, 말하자면 종교를 가진 사람들도 어떤 한 쪽이 소외됨이 없이 했으면 좋겠다는 뜻으로 내가 얘기하는 거예요. 용어를 선택할 때 두루뭉술하게 할 수도 있을 것인데, 다른 것은 두루뭉술하게 잘 하면서 이건 어떻게 그렇게 했는지 모르겠어요."

"지금 우리 구에요. 공무원 수가 너무 많은 것 아시잖아요? 그런데 이런 대체인력 자꾸 쓰면 안 되지요. 다른 지방자치단체,

성동이나 노원 같은데요. 우리보다 더 적어요. 그런 데는 인구 50만, 우리 13만, 이거 안 돼요. 삭감해야 됩니다. 우리 공무원으로 해요, 공무원으로! 공무원이 지금 너무 많은데 이 대체인력 쓰면 안 된단 말이에요.

대체인력비가 지금도 1억 가까이 되는데 그것도 1억 4000에서 삭감했다고요. 말이 안 되잖아요! 50만 명 되는 구도 1200명, 1100명인데 13만 명 구에서 1200, 1300명 가지고 또 사람이 모자라서 대체인력 쓴다고 하면 그게 말이 되겠어요! 점진적으로 줄이지 말고 확 조직개편해요. 육아휴직자가 많이 늘어나고 있어서 안 된다구요? 다른 구는 공무원 수가 우리보다 더 적은데도 애 낳으러 가고 일 보러 가고 다 해요."

(2012. 12. 10. 예결위)

"필동 앞에 거기 재래시장, 두 갠가 세 갠가 건널목 만들어 놨대요. 물론 길을 내놓으면요 편리하고 좋아요. 그런데 우선순위는 그런 데가 아닙니다. 하루 벌어먹고 사는 사람들이 시장에 빨리 접근할 수 있도록, 민원 있을 때만 하지 말고 시장 주변을 내가, 우리 구가 뭘 더 도와줘야 여기가 좀 활성화될까 생각해야 하지 않겠어요? 지금 다 죽는다고 그러잖아요? 다!

여러분들 하루 나와서 일 열심히 하면, 저도 마찬가지고 20일 날 월급이 나온다고요. 그런데 그 사람들은 나와서 하루에 마수도 못 해보고 들어가는 사람들이 바글바글하단 말이에요. 그 사람들 우리가 생각해야 돼요. 그 사람들 입장에서. 그런 사람들 위해 우리 노력해야 된다고요.

그래서 우리 과장님 부지런한지 내가 아는데, 잘 알아요. 옛날부터 부지런한 거 내가 잘 알아요. 그런데 그 부지런함을 갖고 좀 돌아다니란 말이에요. 돌아다니면서 나는 20일 날 월급 받지만 과연 여기다가 뭘 해줘야 이분들 마수라도 하고 벌어먹고 살 것인가, 그런 거를 우리가 생각해야 된다 말이요. 우리는 일 잘하든지 못하든지 많이 하든지 적게 하든지 월급 나오잖아요. 근데 그 사람들은 나와서 물건을 팔아야 먹고사는 거예요. 우리 구에 수십만 개의 점포가 있는데 나와서 마수도 못하고 들어가는 사람들이 바글바글하다고요. 그래서 자꾸 점포가 바뀌고 자살하고 죽고 가정이 해체되고 이런 일이 비일비재하게 일어나는 거요."

"나는 여러분들이 잘못하면 참 좋아, 구청장이 욕먹으면 나는 좋아, 내 개인적으로는요. 그런데 중구입장으로서는 그렇게 해서는 안 된다니까요. 중구입장으로서는요. 그렇지요?"

(2012.11.28. 행정사무감사)

"이게 지금 보조원들이 문제예요. 보조원들이. 어디든지 어떤 업소든지. 중개사가 됐든 뭐 중개인이 됐든 그 사람들은 별 그래도 그거 하는데 그 보조하는 사람들이 죄를 많이 저지르는데 우리 5동인가 그거 고발하고 끝나는 거요, 그건 어떻게 되는 거요?

최종적으로 이제 법원에서 판결이 나면 보조원 자체는 3년 동안 등록을 할 수가 없습니다. 그런데 중개사는 현재 상황으로 상관없고요, 보조원 자체를 해고하지 않으면 최종적으로는 업무정지 6개월 처분으로 끝난다구요? 그 법은 참 보들보들하네. 유들유들해, 그 법은. 이 중개사가 대단히 중요한 것이 남의 재산을 다루는 거기 때문에 그분들이 잘해줘야 되는데 그분들이 옆에서 장난쳐버리고 소개료 이쪽에서 달라고 그러고 저쪽에서 달라고 그러고 이런, 말하자면, 그런 끈 아니요, 지금. 그런데 그 중개사는 그냥 정지도 안 되고 그냥 그 사람만 해고시켜버리면 끝이고 남의 재산을 다루는 일인데 좀 강력하게 제재를 해야 되지 않을까 싶네요."

"내가 그때 당시 이거 돈이 많이 들어서 하기 어려워서 내가 직언했습니다, 라고 할 수 있는, 정년퇴직해서라도 중구를 위해서 내가 이런 노력을 했노라, 이렇게 허무맹랑한 것을 검토하지 않고 내가 이런 직언도 했노라 하는 그런 공무원이 되어야 된다는 말이에요."

"나는 이전해라, 철거해라, 이 뜻이 아니에요. 형평성에 맞게 해야 된다, 그 안에 하고. 안에 분들은 철거 안 하겠다고 그래놓고 다 철거하고, 오늘 철거 안 하겠습니다, 해놓고 새벽에 가서 철거하고, 여기는 만인이 더 많이 보이는 곳을 이렇게 놔둔다고 한다면 형평에 맞느냐 이 말이에요. 행정이 누구를 위한 행정이에요? 노점상 철거는 주민생활권 보호를 위해서, 보행권 보호를 위해서 단속하고 철거하는 것 아닙니까? 그런 차원에서 해야지, 무슨 특정지역의 특정건물이나 특정 이런 것을 염두에 두고 한다면 이거 문제 있지 않느냐 이 말이에요. 그리고 거기는 가서 무자비하게 철거해 놓고, 이것은 옮겨갈 데를 지금 모색한다? 그분은 무슨 신이요? 우리 구하고 뭐요? 우리 구청하고 뭔데?"

"그 안에 20명 넘게 철거당했는데 그 사람들의 상실감은 이루 말할 것도 없어요. 그 앞에 나보다 더한 사람이 버젓이 장사하고 있다면 그 철거를 당한 사람들 입장을 한번 고려해 보세요. 그 사람들 상실감이 어떻겠는가. 그 안의 분들하고 협상 과정에, 내일 철거 안 하겠다고 해놓고 내일 새벽에 가서 철거했는데, 이

밖에 계신 분은 어디 옮길 데까지 봐줘가면서 어떻게 그렇게 관대하냐 이 말이에요. 그 철거당한 사람들 심정, 그 아픈 가슴은 누가 어루만져 줄 것이냐고요!"

(2012. 11. 27. 행정사무감사)

"재활용처리장에 직원이 24명이 있는데 그분들 건강 좀 잘 챙겨주세요. 왜냐하면 그런 데서 근무하신 분이 만약에 문제가 생긴다고 하면 보통 문제가 아니거든요. 그러니까 그분들 건강 좀 잘 챙기시고, 내가 옛날부터 얘기했지만 가서 돼지고기 좀 잘 사주라고 했지요? 직원들, 요즘에는 사주는 거예요, 안 사주는 거예요? 먼지를 많이 마신 사람들은 돼지고기가 좋다니까 한 달에

한 번씩이라도 회식도 시켜주고 그러라는 말이에요."

"동사무소에 행사 있으면 새벽부터 와서 물 뿌리고 난리야. 있는 그대로를, 평상시를 집행권자가 봐야 결정권이 있는 겁니다. 어떤 결정을, 문제점이 있으니까 이렇게 처리하라고 하는 건데, 관행인지 모르지만 오늘 구청장 신당 몇 동에 온다고 하면 새벽부터 차가지고 와서 청소하고 물 뿌리고 난리를 핀다는 말이에요. 이렇게 하지 마라, 앞으로. 있는 모습 그대로를 봐야 구청장님이 여기 문제점이 있다, 이런 것을 좀 시정해라, 이렇게 된다는 말이에요." **(2012. 11. 23. 행정사무감사)**

"그러니까 우리 구 모든 행정이 주인의식을 갖지 않아서 이런 일들이 발생이 되는 거예요. 이것이 예를 들어 유 과장이 담당하는, 팀장이나 우리 직원들이 이것이 내가 하는 사업이다, 이것 내가 하는 일이다, 내 개인적인 일이다, 직장에서 하는 일이 아니고. 그렇게 했으면 지금 이렇게 하겠어요? 안 하잖아요. 그러니까 그런 주인 의식을 갖고 쭉 앞으로 모든 걸 해 나갈 때 장래를 좀 내다봐야 될 거 아니에요. 매년 늦어져서 이렇게 개관을 했으면 이 활용도를 준비를 많이 해야 되는데 지금이라도 늦었지만 빨리 추진을 하라는 말이에요."

"다음엔 이런 일 없도록 하겠다구요? 과장님, 다음에 있든 없든 난 그런 건 잘 모르고 난 다음 일을 잘 모르는 사람이에요. 내가 오늘 저녁에 죽을지, 내일 죽을지, 내일 무슨 일이 일어날지 어떻게 압니까? 그러니까 올해 5월 1일 날 구청장이 방침 내린 것 중에서 이거 근거가 뭐예요? 무슨 근거로 쓴 거예요?"

(2012. 11. 22. 행정사무감사)

"그리고 날마다 이분들이 어려워서 데모하고 있는데, 구청하고 뭐 이렇게 얘기가 돼가지고 가서 구청 면담을 했대요. 부구청장하고 면담했대요. 올해같이 더운 삼복더위에 물 한 그릇을 안 주는, 물 한 사발을 안 주는 이런 매정한 우리 구청! 누구를 위해서 존재합니까! 조영훈이가 가도 물 안 주겠습니까! 이런 구청이 우리에게 과연 필요한 것인가, 특정 부자들한테 잘하는 구청!

▲ 〈제194회 정례회 중 예산결산특별위원〉

무슨 커넥션이 있길래 이 사람들한테 이렇게 잘합니까!"

(2012. 09. 12. 본회의)

"앞으로 행정을 함에 있어서요. 편중이 있으면 안 됩니다. 특히, 어려운 사람들을 위해서, 어려운 사람들 눈물을 닦아줄 수 있는 지방자치가 돼야지 어려운 사람들 막 짓밟아버리고 눈물, 피눈물 나게 하면 되겠습니까! 지금 이렇게 먹고살기 어려운 판에. 그래도 돈 가진 사람들은요, 자기 가지고 있던 것이 있으니까 먹고살 수 있어요. 하루 벌어서 하루 먹는, 무허가 건물 네평, 다섯 평짜리 팔아갖고 6000만 원 주고 사가지고, 1년도 안돼서 무자비하게 헐려서 오갈 데도 없는 사람들, 구청에 항의하러 가니까 물 한 모금도 안 주는 이런 구청. 되겠습니까, 이거! 여러분들 공직을 수행하는 사람들이 편승해서 말이지, 눈물 흘리는 사람을 같이 더 짓밟아버리면 안 되지!"

(2012. 09. 10. 복지건설위)

"신문이 무슨 요일에 나와요? 그리고 그 내용이 얼마나 달라요? 일반인이 봤을 때 얼마나 내용이 다른가요? 30%정도 다르다… 우리가 눈 아프게 그거 계속 봐야 돼요? 그렇게. 그러니까 그 사람들도 회사를 경영하면서 우리 구 예산을 받으려면 뭔가 좀 달라져야 될 거 아니요! 자구 노력을 해야 될 거 아니요! 예를 들어 날짜를 바꾼다든지 격주로 한다든지."

(2012. 05. 21. 예산결산특위)

〈제194회 정례회 중 예산결산특별위원회〉

"세입자들 울지 않게끔, 사업자가 잘 할 수 있게끔 유도를 하세요. 울고 데모하고 그러지 않게끔 주관부서에서 잘 하라고요."

(2011. 12. 09. 복지건설위)

"노점을 철거하는 문제는 첫째 통행권 확보가 되면, 지금 오늘 아침에도 나는 전화를 받았어요. 굶어 죽겠다고, 그것 하다가 다 실어가 버리고 없으니까 굶어 죽겠다고 오늘 아침에도 전화를 받는데, 그렇게 어려운 사람들도 있는가 하면, 또 오랫동안 그런 데서 장사해서 잘사는 사람들도 있어요. 없는 게 아니에요. 그런데 경중을 가릴 수 없지만 그래도 어느 정도 애쓴지는 알아요. 애쓰는 것 내가 다 알고 있어. 내가 보면 우리 박 팀장 양복 입고 콤비라도 걸친 것 내가 오늘 처음 봤는데, 맨날 점퍼 입고 그 추운 데서 고생하는 것 다 알아요. 다 아는데 또 저희들 입장에서 보면 없는 사람들이 울며불며하는 것 보면 그것도 또 안타깝잖아요. 그러니까 될 수 있으면 봐 가면서 통행권 확보가 되면 서로 간에 도와주고, 그래야지 우리가 다 잘살지 못하니까, 그런 방향으로 노력해 주라는 말씀드립니다."

(회의 잘 안 풀리자) "밥먹고 합시다!"

(어느 회의.)

〈제1회 중앙지방협력회의 개최〉

"문재인 대통령님"주재 "제2국무회의"
"제1회 중앙지방협력회의 개최 후 합동 브리핑 발표"

청와대 영빈관에서 문재인 대통령님 주재로 '제1회 중앙지방협력회의'가 개최되었습니다. 저는 대한민국시군자치구의회의장협의회 회장 자격으로 회의에 참석을 하였으며 회의를 마친 오후에는 정부서울청사에서 전해철 행안부장관 님 및 지방4대협의체 회장님들과 함께 회의 결과에 대해 합동브리핑을 하였습니다.

제2국무회의 도입 취지를 담은 '중앙지방협력회의법'제정으로 법 시행일인 오늘 그 첫 번째 회의를 갖게 되었고 중앙정부와 지방정부 간 지방관련 국가의제를 논의하는 최고 의사결정기구의 역할을 할 것이며 아울러 중앙과 지방정부가 소통하고 협력하는

▲ 〈4대협의체 행정 안전부 브리핑〉

공론의 장으로 운영될 예정입니다.

　이번 회의에서, 저는 지난해 32년 만에 전부 개정된 지방자치법의 핵심 키워드 중 하나인 "지방의회의 인사권 독립"에 대해 언급을 하면서 전국 226개 기초의회의 다양성·자율성·책임성을 존중하고 지방자치법 개정 취지에 부합하는 실질적 인사권 독립 보장을 위해 "기초의회 행정사무기구 관련 규정"을 조속히 개정해 줄 것을 대통령님께 진솔하게 말씀을 드렸습니다.이는 주민과 지방의회 중심의 자치분권 2.0 실현을 위한 것으로, 전국의 226개 기초의회는 그 동안 지역 주민들과 동고동락하며 주민의 가장 밀접한 일상생활 속에서 코로나 방역 등 풀뿌리 주민자치 실현을 위해 쉼 없이 달려 왔으며 앞으로도 그 어떤 지방기관보다도 더 열심히 최선을 다해 지역주민과 호흡하고 함께 걸어가게 될 것입니다. 또한 중앙지방협력회가 중앙과 지방이 서로 협력하고 지혜를 모으는 토론의 장인 만큼 적극적인 협력과 동참을 다짐하며 어렵게 만들어진 협의체를 통해 진정한 자치분권 2.0시대가 활짝 열려 중앙과 지방이, 모든 국민이 행복한 삶을 누릴 수 있기를 간절히 소망합니다.

2022년 1월 13일

대한민국시군자치구 의장협의회 회장 조 영 훈

누군가 내 삶을 대신할 수 없듯 나 역시 남의 삶을 대신 살아줄 순 없다. 하지만 그렇다고 나의 삶만 풍요롭게 가꾸길 추구하기보다는, 다른 이들의 삶 역시 조금이라도 나아지게 하는 데 노력하며 사는 것에 의미가 있다고 생각한다.

책을 집필하며, 나는 내가 지금껏 그렇게 살아왔고 앞으로도 그렇게 살아야 한다는 사실을 새삼 느끼게 되었다. 언젠가부터 봉사는 나의 숙명임을 느낀다. 그 숙명 속에서 때로는 내가 주기도 하고 받기도 했다. 그 둘은 인연에 따라 얽히고설키며 '행복'과 '보람'이라는 꽃을 피워내었다.

돌아보니, 내가 살아온 길이 나만을 위한 시간이 아니었음을 깨닫게 됨에도 어떻게 하면 더 많은 일들을, 그리고 더 많은 시간들을 일궈내야 할까 걱정부터 앞선다. 그러나 지금까지 그래온 것처럼 나 조영훈은 휘영청 걸어갈 것이다. 그저 묵묵히 한 걸음 두 걸음 나아가면 더욱 열심히 살게 되지 않을까.

오직 그것만이 축복이고 새 삶이다. 어쩌면 마땅히 그렇게 살아야 한다고 내게 되뇌는 것이, 플라시보 효과와 같이 뇌에 강력한 긍정적인 신호를 보내 내 몸에 좋은 호르몬을 얻을 수 있는 큰 축복이라는 생각마저 든다.

　이러한 축복을 조금이나마 느끼게 해준 내 삶의 모든 일들과 스승들에게 감사한다. 그리고 그간 나를 일깨워 준 내 모든 지인들과 의정 동료들에게도 감사함을 전한다. 특히 모든 중구 구민들에게는 내가 베푼 것보다 받은 것이 더 많음을 느낀다고 진심을 담아 이야기하고 싶다.

　세상은 혼자 가는 것이 아니다. 지금의 내가 있기까지 얼마나 많은 이들의 도움이 있었을까. 직접적인 행동으로, 말로, 마음으로 응원을 보내주었고 미소 띤 얼굴로 손을 잡아주신 분들이 있었기에 나는 오늘 이 자리에 서 있다.

　그 은혜를 갚기 위해 오로지 최선을 다해서 봉사의 숙명을 따르고자 한다. 가는 앞길에 더 힘을 내고 용기를 낼 수 있는 의지와 끈기를 기를 수 있도록 정진해야겠다.

　끝으로 이 책이 나오기까지 애써주신 모든 분들과 도서출판 행복에너지 권선복 대표님께 다시 한번 감사드리며 이 글을 나누는 모든 분들에게도 여태 살아온 삶 이상의 축복이 전해지기를 소망한다.

발로 뛰는 의지의 검정가방!
그 열정을 찬양합니다!

| 권선복
도서출판 행복에너지 대표이사

대선을 앞두고 구민을 위해 봉사하는 진정한 공직자의 자세는 무엇일까 생각하게 됩니다. 열린 귀와 부지런한 손발이 꼭 필요하지 않을까요?

자신의 사리사욕보다 자신을 뽑아준 구민들을 위해 최선을 다해 일하는 우직한 끈기와 신념을 가진 이들은 어느 사회에서든 꼭 필요한 인재입니다.

여기, 조영훈 의장이 있습니다.

그는 앞서 말한 공직자의 모범에 해당하는 이로서 중구의 구의원으로 눈부신 활약을 펼친 이입니다.

젊어서 어려운 가정형편을 극복하고자 노력하면서 산전수전 다 겪었던 저자는, 어차피 고통을 겪는 것이 인생이라면 남의 고통을 줄여주기 위해 노력해 보자! 라는 마음가짐 아래 봉사를 시작하게 되었습니다. 그렇게 남을 돕는 일에 재미를 붙이게 되었고, 주변의 권유로 구의원에 출마하고 당선되는 쾌거를 이룹니다. 그렇게 당선하게 된 이후, 저자는 자만하지 않고 본격적으로 구를 위해 발로 뛰기 시작하며 주민들의 민원에 귀를 기울이며 어떻게든 더 나은 삶을 제공하고자 불철주야 노력하였습니다.

행정감사를 진행할 땐 검은 가방을 들고 다니며 수많은 자료를 내밀고 조목조목 문제를 따지기에 공무원들 사이에서 '공포의 검정가방'이라는 영예로운(?) 호칭까지 얻어낸 조영훈 의장!

그의 열정을 보면 인생이란 남을 돕는 가운데 기쁨과 겸손함이 피어나고, 서로 상생하면서 더 나은 미래를 가꿀 수 있다는 생각이 들게 됩니다.

조영훈 의장은 법률을 꼼꼼히 살피며 주민들에게 부당한 일을 해결하기 위해 힘쓰기도 했고, 더 나은 웰빙 라이프를 제공하기 위해 다각도로 연구하는 등 정말 쉴 새 없이 일하였습니다.

그런 의지를 가진 이이기에 서울시 구의회 의장협의회 회장, 전국시군자치구의회 의장협의회 회장으로 선출되어 왕성한 활동을 하고 있습니다.

"선출직의원에게 가장 필요한 덕목 가운데 하나가 공감하는 능력이라고 생각한다. 무엇보다도 문제가 무엇인지 정확히 알고 공감해야 그 문제가 당사자에게 얼마나 큰 고통인지 알게 되기 때문이다."

그가 열심히 뛸 수 있었던 원인을 알 수 있는 부분입니다.

진심으로 구민과 공감하고자 하는 의지가 없다면 귀를 기울일 수도, 열변을 토하며 잘못된 점을 시정하고자 할 수도 없을 것입니다.

구민이 자신을 섬기는 것이 아니라 자신이 구민을 섬긴다는 마음가짐으로 일해 온 조영훈 의장입니다. 그의 이러한 투철한 봉사정신은 모든 정치인들에게 있어 꼭 본받아 배워야 할 멋진 유산임에 틀림없습니다.

앞으로의 행보가 더욱 기대되는 그가 있기에 오늘도 대한민국은 살 만한 곳임을 느끼게 됩니다!

차가운 겨울이지만 이제 곧 따뜻한 봄이 찾아오듯이, 작가와 독자 여러분의 앞날에도 햇살이 쨍쨍 비치기를 소망하며, 축복하는 마음으로 본서를 출간합니다. 감사합니다!

출간후기

287

50년 전 산넘고 강건너 서울 중구까지

내일의 희망을 만들다

초판 1쇄 발행 2022년 2월 10일

지 은 이 조영훈
발 행 인 권선복
편   집 오동희
디 자 인 박현민
전 자 책 오지영
발 행 처 도서출판 행복에너지
출판등록 제315-2013-000001호
주   소 (07679) 서울특별시 강서구 화곡로 232
전   화 010-3267-6277
팩   스 0303-0799-1560
홈페이지 www.happybook.or.kr
이 메 일 ksbdata@daum.net

값 20,000원
ISBN 979-11-5602-966-3 03810

도서출판 행복에너지는 독자 여러분의 아이디어와 원고 투고를 기다립니다. 책으로 만들기를 원하는 콘텐츠가 있으신 분은 이메일이나 홈페이지를 통해 간단한 기획서와 기획의도, 연락처 등을 보내주십시오. 행복에너지의 문은 언제나 활짝 열려 있습니다.